Ullstein

ÜBER DAS BUCH:

Der Kunstmaler Julian erbt nicht nur ein wunderschönes Haus im Schwarzwald, sondern auch den Kater Micki, der in dieser Idylle aufgewachsen ist. Micki schließt sich seinem neuen Herrn spontan an, und zwischen Mensch und Tier entwickelt sich eine beinahe magische Symbiose – die einzelnen Episoden des Romans beschreiben das Leben der beiden in ihrer herrlichen Umgebung. Da gibt es eine bezaubernde Liebesgeschichte zwischen Micki und seiner Angebeteten, der vornehmen »Federweißen«, da sind Erlebnisse mit einer reichen Malschülerin und der fremden Frau, die zuerst Mickis Zuneigung gewinnt, um dann Julians Herz zu erobern. Doch eines Tages zerstört eine Verordnung des Stadtbauamtes die friedvolle Harmonie ...

DIE AUTORIN:

Martina Magyari, geboren in Rathenow an der Havel, verlebte Kindheits- und Jugendjahre in Thüringen. Flucht 1958 über West-Berlin in die Bundesrepublik. Nach einem Aufenthalt im Flüchtlingslager Berlin arbeitete sie als Journalistin bei einigen überregionalen Zeitungen. Martina Magyari ist verheiratet, hat einen Sohn und ist als freie Autorin tätig; bei mehreren literarischen Wettbewerben wurde sie mit Preisen ausgezeichnet.

MARTINA MAGYARI

Samtpfote und der Duft von Gras

Roman

Ullstein

ein Ullstein Buch
Nr. 23511
im Verlag Ullstein GmbH,
Frankfurt/M – Berlin

Ungekürzte Ausgabe

Umschlagentwurf:
Theodor Bayer-Eynck
Foto: ZEFA-LENZ
Alle Rechte vorbehalten
Taschenbuchausgabe mit freundlicher
Genehmigung der F. A. Herbig Verlags-
buchhandlung GmbH, München
© 1992 by F. A. Herbig Verlags-
buchhandlung GmbH, München
Printed in Germany 1995
Druck und Verarbeitung:
Ebner Ulm
ISBN 3 548 23511 5

März 1995
Gedruckt auf alterungsbeständigem
Papier mit chlorfrei
gebleichtem Zellstoff

Die Deutsche Bibliothek – CIP-Einheitsaufnahme

Magyari, Martina:
Samtpfote und der Duft von Gras : Roman /
Martina Magyari. – Ungekürzte Ausg. –
Frankfurt/M ; Berlin : Ullstein, 1995
(Ullstein-Buch ; Nr. 23511)
ISBN 3-548-23511-5
NE: GT

Inhalt

Micki und Menschkater Julian
9

Wie Julian das Katzenhaus erbte
17

Tante Kasimira, Micki und das alte Haus
25

Micki und die Malschülerin
35

Micki und die Federweiße
43

Micki und die Krähentante
49

Micki und die Donnerstagsgäste
56

Micki und Julians Lebensphilosophie
65

Micki und der Mann »vom Papier«
69

Micki und die fremde Frau
75

Micki fährt zu einer Vernissage
81

Mickis Freundin trifft Julian
92

Erster Preis für »Frau mit Katze«
99

Fräulein Reichtum und die Kündigung
111

Micki und das Postauto
117

Micki und der Discosound
124

Micki und die Schwarzfahrerin
134

Micki hilft Strom sparen
144

Micki und die Reisevorbereitungen
152

Micki und die portugiesische Streunerin
159

Der schwarze Sigi kommt nur nachts
168

Micki lernt das Harfenspiel
178

Micki schaltet die Welt aus
183

Micki und das Katzenkind mit dem I-Punkt
186

Micki und die Zwillingsschwester
191

Micki und der Duft aus dem Schrank
195

Micki, der Seelentröster
201

Micki, Julian und die Demonstranten
208

Julian und Micki malen Wiese und Haus
215

Mickis Wiese blüht nicht mehr
219

Micki und Menschkater Julian

Micki hörte dem Gras zu. Das Gras flüsterte und wisperte, erzählte die weltweiten Windgeschichten, die der dunkelgestromte Kater mit dem federweißen Bauchfell und den weißen Pfoten verstand. Seine Ohren bewegten sich im Graswellengang. Wie zwei spitze, zarte Blätter ragten sie über die Gräser hinweg. Eine Schillerfliege erregte Mickis Aufmerksamkeit. Sie kroch die Glockenblume entlang, träge im Junisonnenlicht, als hätte sie alle Zeit der Welt.

Auch Micki gehörte die Zeit. Er konnte damit verschwenderisch umgehen, obwohl er nicht mehr der Jüngste war. Er liebte seine Hügelwiese vor dem alten Haus, in dem er wohnte. Er liebte die langen Grashalme, die selten gemäht wurden, und die bunten Wiesenblumen, die Sträucher und Apfelbäume, die seine Duftnote trugen, die Katzenpfotenbaumstämme, an denen er so schön seine Krallen wetzen konnte. Er liebte die Baumkronen, in die er sich flüchtete, wenn der große Hund von Herrn Anfang kam, vor dem er soviel Angst hatte.

Obwohl der Schäferhund von Herrn Anfang eben nur ein armer Hund war, verschüchtert und demütig, ans autoritäre Wortgehorchen seines Herrn gewöhnt. Er mußte strammstehen, wenn dieses mickrige Anfangmännchen, das sein »Herr« war, nur pfiff.

Anders Micki. Micki gehorchte nie. Er war frei wie der Wind, stolz wie der Apfelbaum mit der hohen Krone, anmutig wie seine Lieblingsblume, die weiße Narzisse, die er sehr bewunderte.

»Hatschi.« Micki nieste. Das verschreckte die Schillerfliege, sie schwirrte davon. Ein dunkler Vogel kam in Sicht, setzte sich dummerweise auf den Johannisbeerstrauch vor Mickis Nase. Mikki verhielt sich still, dann preschte er in einem einzigen langen, eleganten Tänzerkatzensprung vor, verfehlte den dunklen Vogel um Haaresbreite, der hysterisch flatternd gerade noch entkam.

Jetzt saß er oben im Renettenbaum und sah hochmütig auf Micki herab. Micki blickte empor, und als sie sich so eine Weile reglos und vergeblich betrachtet hatten, gewann Micki seine angeknackste Würde zurück. Stolz, dem Vogel keinen Blick mehr schenkend, schritt Micki davon. Ja, er schritt wie ein Ballerino über den Bühnenboden, wenn sich der Vorhang schließt.

Und obwohl er als Jäger versagt hatte, hörte Micki so etwas wie inneren Applaus für sein

Schreiten, das harmonisch und vollkommen war. So ein Zwitscherling konnte nicht an seinem Selbstbewußtsein kratzen, dafür fühlte sich Micki viel zu sehr als »Herrenmensch«. Da hatte er schon ganz andere Jagdtrophäen nach Hause gebracht.

»Micki, Mickiii!« Sein Menschkater Julian rief nach ihm.

Micki rührte sich nicht. Ich bin doch kein Hund, der springt, sobald jemand pfeift, dachte er.

»Micki, Mickiiiii!«

Langsam, ganz andante sostenuto, gähnte Micki, ließ sein linkes Blätterohr in Richtung Menschkater spielen, streckte sich, daß er so lang wie ein Baguette wurde und setzte sich dann in Bewegung, Richtung Holzhaus, schlüpfte durch die katzenkopfgeschnitzte Katzenschleuse und war im Haus.

Vertraute Gerüche von Kellermuffigkeit, altem Bohlendielenholz, sachte schleichend die Holztreppe hinauf in Richtung Küchenflur. Wenn sein Menschkater Julian die Treppe emporwuchtete, knarrten und stöhnten die alten Holzstufen vor Unmut. Aber Mickis Samtpfoten störten die alten Stufen nicht in ihrer Gebrechlichkeit. Mickis Pfoten liebkosten sie, streichelten sie, taten ihnen gut.

Micki begann leise zu schnurren vor Vorfreude. Ein verkatert toller Duft lag in der Küchenluft. Gebratene Leber, in Eigelb verrührt.

»Wo warst du denn, du alter Wiesenmauser, du?« Sein Menschkater stand am Herd im karierten Hemd und in Bermudashorts und füllte gerade Mickis Eßnapf voll. Die Leber duftete köstlich, und Micki reckte sich, streckte die Pfoten voll Begierde in die Luft, dem Napf entgegen.

Er schnurrte an Menschkaters nacktem Bein entlang, bedankte sich damit artig für das bevorstehende köstliche Mittagsmahl und strich als liebevolle Zugabe mit seiner rechten Samtpfote über Julians Fuß. Dann machte sich Micki heißhungrig über sein Menü her.

Menschkater Julian nahm am Küchentisch Platz und begann ebenfalls, gebratene Leber zu essen. In schönster Harmonie beendeten sie ihre Mahlzeit, Micki an seinem Eßplatz neben der Wasserleitung, Menschkater Julian am Fenstertisch mit der sonnenblumengelben Wachstuchdecke.

»Rrrrr.«

»Wie kann man nur so schnell fressen und gleichzeitig dabei schnurren?« sagte Julian laut. »Entweder, ich esse, oder ich rede. Aber du schnurrst und ißt im Expreßtempo, wie machst du das nur?«

»Miau. Eben so.«

Micki hatte seine Mahlzeit beendet, rollte sich auf die Seite und begann, sich ausgiebig zu putzen.

Sein Menschkater schenkte sich Bier ein. Es schäumte im Glas, so daß der lautempfindliche Micki sich gestört fühlte, eine Weile in seiner Schönheitspflege innehielt und fasziniert zusah, wie Julians Adamsapfel beim Trinken auf und ab hüpfte.

Wie kann man nur so schnell trinken, und wie machst du das, dieses Hüpfen am Hals, dachte Micki. Wie kann man so schnell trinken und gleichzeitig halshüpfen? Dann kam Micki die weise Katererleuchtung. Das ist eben dein Menschschnurren, siehst du, du kannst es eben doch, dachte Micki erfreut und fuhr in seiner Katzenwäsche fort.

Die Tatsache, daß sein Menschkater Junggeselle war und mit ihm allein in dem alten Haus lebte, war Micki nur recht. Und wenn man nach dem Hausherrn fragte, sagte Julian lachend, hier, seht her, Micki ist der Herr im Haus, denn er war schon viel früher als ich hier. Geschmeichelt sprang Micki dann in Julians Arme und schnurrte ihm etwas vor von seinem Leben damals mit Tante Kasimira. Er und sein Menschkater verstanden einander mit und ohne Worte.

»Nun muß ich wieder an die Arbeit«, sagte Julian jetzt zu Micki, räumte das Geschirr in die

Spülmaschine und stieg dann die knarrenden Stufen zum Atelier hinauf.

Julian verdiente für sich und Micki den Lebensunterhalt als Kunstmaler, das heißt, manchmal reichte es noch nicht einmal für den Lebensunterhalt, sprich, Essen und Trinken. Dann mußte Julian sein Konto überziehen, was immer das bedeutete.

Aber noch nie hatte Micki gehungert.

Trotz der ständigen Geldknappheit schien Julian ein begabter Maler zu sein. Hin und wieder erschienen korrekt gekleidete Herren in Maßanzügen und Damen in Stöckelschuhen, begutachteten Julians Bilder und kauften auch einmal eins unter Preis »für die Stadt«.

»Denn leider, leider mein lieber Herr Jordan, ist unser Kulturetat sehr begrenzt«, hieß es dann.

Jedesmal bangte Micki mit Julian mit, kauften diese langweiligen Gesichter nun, oder kauften sie nicht, wie so viele Male, wenn Besucher kamen, und Julian ihnen stundenlang seine Bilder vorführte, sie mit Plätzchen und Wein bewirtete, und wenn sie dann abzogen, ohne auch nur eine kleine Radierung gekauft zu haben.

»Das gibt schon ein herrliches Steakessen«, hatte einmal ein Dicker lachend gesagt.

»Von so einem Bild wird mein Bauch nicht voll«, dachte dann Julian.

Wurde nichts gekauft, nicht einmal eine Druckgraphik, schlich sein Menschkater Julian niedergeschlagen im Haus umher.

Dann tröstete Micki ihn, denn er spürte, wenn Julian traurig war, kuschelte sich auf seinen Schoß, schnurrte ihm seine Lieblings-Schnurrenade vor, bis Julian sagte: »Wenn ich dich nicht hätte, du alter Wiesenmauser, du.«

Micki hörte dem Klang der Wörter zu. Wiesenmauser war das höchste Lob, beinahe so wie ein Ritterschlag.

Viele Male hatte Micki Julian dann als Trost eine fette Feldmaus gebracht, besonders dann, wenn kein Geld in der Kasse war, was Micki im Freßnapf spürte. Dann wollte er als »Hausherr« seinen Teil zum Lebensunterhalt beitragen und legte Julian die mausetote Maus vor den Frühstückstisch.

»Du weißt, daß mir das arme kleine schöne Mäuschen leid tut, Micki«, sagte Julian dann sanft. »Aber ich weiß auch, daß du noch deinen natürlichen Jagdinstinkt besitzt und eben ein alter, braver Wiesenmauser bist, und ich danke dir für deinen guten Willen.« Sanft streichelte Julian Micki dann über den Rücken.

Später legte er die Maus in eine leere Seifenschachtel, trug sie zum Bach hinter dem Haus und gab ihr ein anständiges Seemannsgrab. Der Bach mündete in den Wildfluß, die Rench, so ging die Maus den Fluß hinunter, in eine andere Welt.

Micki fand das zwar nicht ganz in Ordnung, fügte sich aber dem Menschkaterbeschluß. Er hatte seinen guten Willen bewiesen, mehr konnte auch ein gestandener Wiesenmauser nicht tun.

Micki rollte sich in der Couchecke in der Küche auf dem Kornblumenkissen zusammen wie ein makelloses »C« und fiel ins Dösen. Es war sehr still um diese Zeit. Menschkater Julian arbeitete auf dem Dachbodenatelier. Sogar Herrn Anfangs Hund bellte nicht ein einziges Mal. Und Micki dachte einen Moment daran, wie er in dieses wundersame Katzenzuhause gekommen war. Ein Katzenzuhausehaus, wie es nur selten vorkam, voll Freiheit und Geborgenheit, Wärme, Licht und leiser Töne, voll Liebe und Behutsamkeit.

Und darüber schlief Micki ein.

Die Stille erwachte.

Die Wiese duftete.

Die Apfelbaumzweige geigten.

Und Micki träumte.

Wie Julian
das Katzenhaus erbte

Als der Brief von Tante Kasimira kam, zog ein früher Septembertag vor einem Jahr über die niedersächsische Stadt, hielt Julian Jordan die Wohnungskündigung »wegen Eigenbedarfs« in der Hand, waren sein Portemonnaie und sein Konto leer, hatte gerade sein vierunddreißigster Geburtstag begonnen, und darüber hinaus hatte er Zahnweh.

Tante Kasimira von Kutzenstein, eine Cousine seiner verstorbenen Mutter, schrieb aus dem kleinen Schwarzwaldort:

»Mein einziger lebender Verwandter, Julian!«

Allein diese Anrede erschreckte Julian. Er mußte sich zwingen, weiter zu lesen. Was wollte die verschrobene alte Schachtel, die er nur einmal im frühesten Kindheitsalter zu Gesicht bekommen hatte, von ihm? Julian konnte sich kaum an sie erinnern.

Er las mißmutig weiter.

»Da ich nur noch kurze Zeit zu leben habe, möchte ich Dir mein geliebtes Haus im Schwarzwald vererben. Es ist schuldenfrei und liegt, obwohl es ein wenig alt ist, idyllisch auf einem Wiesenhang unter den Weinbergen.«

Julian machte eine Pause. Weinberge klang gut.

»Ich möchte dich, mein lieber Junge, noch einmal sehen, bitte komm gleich.

Deine Tante Kasimira.«

Julian starrte auf die zerbrechlich wirkenden Sütterlinbuchstaben, die er kaum entziffern konnte und die zart, wie Spinnenbeinchen, über das teure Papier liefen. Und auf einmal schämte sich Julian in Grund und Boden über seine Gedanken.

»Verzeih, Tante Kasimira«, sagte er laut. »Die verschrobene alte Schachtel nehme ich reumütig zurück.«

Und plötzlich erinnerte er sich. Aus der Tiefe der Zeit kam ein kleines, brillengesichtiges Grillenweibchen zum Vorschein, mit Streichholzbeinchen und -ärmchen, das aus seiner Kindheit auftauchte wie ein altes Abziehbild.

Und er hörte wieder die Worte seiner verstorbenen schönen Mutter: »Du mußt nett zu Tante Kasimira sein. Sie hat ihren einzigen Sohn im Krieg verloren und glaubt noch heute, daß er eines Tages als Fata Morgana vor ihr auftaucht. Sie lebt nach dem Tode ihres Mannes seit vielen Jahren ganz allein.« Darüber war Tante Kasimira alt geworden, und sie hoffte wohl noch immer auf die Heimkehr ihres Sohnes.

Und nun ging sie Schritt für Schritt ihrem Tod entgegen und wollte Julian sehen.

Julian fühlte von ferne etwas in sich emporsteigen, ein schmerzliches Gefühl, das ihn wie Spinnweben anwehte, eine feine Linie in seinem unsteten Leben ziehend, die verschüttet und vergraben war. Da war seine Kindheit in Thüringen, im »Grünen Herzen Deutschlands«; in dem alten Großmutterhaus, in dem er mit Mutter und Großmutter, Tanten und Onkel gelebt hatte. Sein Vater war schon vor seiner Geburt gestorben. Dann die Flucht mit seiner Mutter, zwei Tage vor dem Mauerbau »in den Westen«. Der frühe Unfalltod der Mutter, sein Kunststudium und schließlich sein Umherziehen, wurzel- und bindungslos. Julian, der Zugvogel, nannten ihn seine Bekannten, weil es ihn nirgends an einem Ort lange hielt. Und nun sollte er ein Haus erben und seßhaft werden.

Julian beschloß, gleich morgen den Frühzug zu nehmen, um zu Tante Kasimira zu fahren. Er lebte in dieser niedersächsischen Stadt, weil es ihn einfach hierher verschlagen hatte. Ebensogut konnte er woanders leben. Tante Kasimiras Brief kam wie gerufen nach der Wohnungskündigung.

Helle Wut stieg in Julian auf, als er an seinen

fetten Hauswirt dachte. So einfach mir nichts, dir nichts die Wohnung zu kündigen. In dieser Stadt gab es nur Wohnungen zu horrenden Mieten, die Julian nie aufgebracht hätte. Er konnte gerade noch diese unverschämte Miete bezahlen. Dann blieb nur noch das Allernötigste für den Lebensunterhalt.

»Du alter Aasgeier«, sagte er wütend zu seinem imaginären Hauswirt, als stände er ihm gegenüber. »Ich ziehe gleich morgen aus. Arividerci. Du Freibankfleischmillionär, steck dir deine möblierte Zweizimmerwohnung an deine drittklassigen Schweineschwänze. Du schneidest nicht nur deinen Schweinen die Hälse ab, sondern auch deinen Mietern.«

Nach diesem Ausbruch fühlte Julian sich besser.

Er würde zwar ein Haus haben, aber er besaß nur noch einundzwanzig Mark und dreißig Pfennige, und es war erst der 15. des Monats. Wovon sollte er die nächste Zeit leben? Schließlich mußte er sich erst wieder einen Arbeitsbereich schaffen.

Hier hatte er an der Volkshochschule Kurse gegeben, sich mit unbegabten Schülern herumgeschlagen. Aber er hatte immerhin ein festes Fixum gehabt. Seine Kurse waren beliebt und geradezu überlaufen. Das lag wohl mehr an seiner äußeren Erscheinung. Es kamen hauptsächlich Damen mittleren und gehobenen Alters in seine Kurse. Er galt als sehr charmant und war der Schwarm so mancher seelisch alleingelassenen Fünfzigerin in den Wechseljahren, deren Mann die jüngeren Jahrgänge vorzog. Julian war mittelgroß und gut gebaut, hatte rabenschwarze Haare und dunkle Glutaugen, die auch den festesten, in Gesundheitsschuhen steckenden und auf dem Boden der Tatsachen stehenden Damenfuß ins Wanken bringen konnten.

Ja, wovon sollte er leben? Von seinem »Mitternachtsblues«, einem Ölbild, das er im letzten Sommer auf Capri gemalt hatte? Oder dem »Narzissenfeld«, einem duftigen Aquarell, das er aus der Bretagne mitgebracht hatte? Erst jetzt fiel ihm ein, daß er kein Geld für die Fahrkarte hatte. Denn einundzwanzig Mark und dreißig Pfennige würden kaum für eine Entfernung von etwa sechshundert Kilometern mit der Bahn ausreichen.

Und er stellte sich das Gesicht des Fahrkartenschalterbeamten vor, wenn er sagen würde: »Einmal Seidelbach, einfach.«

Und er würde dem verdutzten Beamten dann anstelle des Geldes sein »Narzissenfeld« vor die Nase halten.

Da half nur eins. Er mußte zu Otti gehen.

Julian wickelte die »Narzissen« in Packpapier, nahm das Paket unter den Arm und ging aus dem fünfstöckigen Haus. Ja, er ging. Geizkragen Freibankfleischmillionär hatte es versäumt, einen Lift einbauen zu lassen, weil er die fünfte Etage, in der Julian wohnte, erst später ausgebaut hatte. Mit diesem Trick kam er um den baulich vorgeschriebenen Lift herum.

Julian nahm gleich zwei Stufen auf einmal, so daß seine schwarzen Locken auf- und abwippten. Draußen empfing ihn Smogluft. Er wartete zwanzig Minuten auf den Bus, weil der andere gerade weggefahren war.

Otti, der Gentleman und Kunstliebhaber, saß in seinem reinseidenen China-Morgenmantel am Frühstückstisch, trank türkischen Kaffee und französischen Cognac und sah Julian liebenswürdig an.

»So früh, mein junger Freund?« fragte er mit seiner gepflegten Stimme. »Bitte, nimm doch Platz und frühstücke mit mir.«

Julian nahm Otti gegenüber Platz. Otti schenkte Kaffee ein.

»Du möchtest ein Bild verkaufen?« fragte er Julian und blickte auf das Paket, das Julian neben den Sessel gestellt hatte.

Otto von Sondershausen, ein Mann von achtundsechzig Jahren, weißhaarig, mit schönem Römerkopf, gepflegt, kultiviert, war von Beruf Kunstkritiker. Er wäre gern Maler geworden, aber dazu hatte sein Talent nicht ausgereicht.

Durch eine Erbschaft war er zu Vermögen gekommen, und er griff so manchem hoffnungsvollen Talent »unter die Arme«, wie er es nannte, indem er als Mäzen auftrat und Bilder kaufte.

»Hm, hm«, machte Julian. Er fühlte sich etwas unbehaglich. »Die Sache ist die . . .«, begann er.

Otti hob die gepflegten Hände.

»Schon gut, schon gut. Du brauchst mir keine Erklärungen abzugeben. Bitte, zeig mir das Bild«, sagte er.

Julian wickelte hastig das Bild aus dem Packpapier und stellte es in Ottis Blickrichtung auf den Kaminsims.

Otti betrachtete es eingehend. Dann ging er an den kunstvollen Sekretär, entnahm aus einem Fach fünf Tausendmarkscheine und reichte sie Julian.

»Das ist zuviel«, protestierte Julian.

»Keineswegs«, erwiderte Otti. »Mein lieber Julian, ich weiß, was du kannst. Das Gemälde ist sein Geld wert.«

Hocherfreut knüllte Julian, für den Geld nur ein notwendiges Übel war, die glatten Scheine in seine Jackentasche, dankte Otti überschwenglich und verabschiedete sich mit den Worten von seinem Freund und Gönner: »Ich habe im Schwarzwald ein Haus geerbt. Morgen breche ich meine Zelte für immer hier ab.«

»Viel Glück, viel Glück«, wünschte Otti und

drückte Julian die Hand. »Schreib mir einmal«, bat er beim Hinausgehen.

Julian versprach es. Er rannte auf die Straße. »Juchhu«, rief er. Er warf sein »Juchhu« einer Spießerin vor die Füße, die ihn kopfschüttelnd ansah.

»Schon am frühen Morgen betrunken«, sagte sie empört.

Julian war glücklich. Er besaß fünf Tausendmarkscheine. Damit konnte er seine Fahrkarte bezahlen und kam die erste Zeit bei seiner bescheidenen Lebensweise über die Runden. Irgend etwas würde sich beruflich wieder für ihn finden lassen. Das Geld machte Julian optimistisch. Und erst jetzt wurde ihm bewußt, daß er keine horrende Miete mehr bezahlen mußte. Er war jung, unternehmungslustig und erbte ein Haus im Schwarzwald.

Tante Kasimira, Micki
und das alte Haus

Als Julian den Intercityzug »Tiziano Milano« in Offenburg verlassen hatte und nun auf die Kleinbahn wartete, die ihn ins Seidelbachtal bringen sollte, wehte ihm ein sanfter südlicher Septemberwind entgegen, der ihn ganz übermütig machte.

In dieser Spätnachmittagsstunde warteten mit ihm die Berufspendler, die späten Schüler und einige Hausfrauen und Rentner auf das »Bähnle«, um in ihren Feierabend hineinzufahren.

Es »seidelbachte« um Julian herum. Zunächst verstand Julian nur die singenden Sch-Laute der Talbewohner.

»Bischt ikaufe gwäse«, hörte er eine Frau neben sich zu einer anderen sagen.

Dann schnaufte gemächlich das Bähnle heran, und Bewegung kam in die Wartenden.

Julian stieg in einen etwas altersschwachen Waggon ein. Nachdem der Zugführer die Zeitung zu Ende gelesen hatte, zockelte das Bähnle mit fünfminütiger Verspätung in Richtung Seidelbach.

Niemand regte sich über die Verspätung auf. Man schien hier mehr Zeit zu haben als anderswo.

An den Bahnübergängen stieß das Bähnle pfeifende Laute aus, ruckte und ratterte auf der eingleisigen Strecke entlang, vorbei an Getreidefeldern und Obstplantagen, bekam plötzlich Schrägseite und wurde endlich von dem zauberhaften Tal aufgenommen, das sich jetzt vor Julian auftat.

Sanft fielen die Berghänge und Weinberge herab, eine schwingende Hügelkette mit Mischwald umkränzte das Ganze, und auf der höchsten Spitze der Bergkette sahen die Fichten- und Tannenwälder wie eine weitschwingende Krone aus. Über allem spannte sich ein tiefdunkelblauer Himmel, der die beginnende Nacht in sich trug.

In Seidelbach kullerten die Fahrgäste wie die Erbsen auf den Bahnsteig, mitten drin Julian, der plötzlich vor einem gelbgestrichenen Bahnhofsgebäude stand, das in blauen, großen Buchstaben den Namen »Seidelbach« trug. Der Einmannbahnhofsvorsteher ließ die Schranke hochgehen, gab das Zeichen zur Weiterfahrt, und das Bähnle nahm Abschied vom Vordertal und machte sich auf den Weg ins Hintertal. In Seidelbach endete die »große Welt«. Hinter Seidelbach lagen nur noch kleine Ortschaften mit einsamen Berghöfen, die in einer Schlucht münden, wo die Welt zu Ende war.

Mit gutmütigem Spott nannten die Seidelbacher die Hintertäler »die letzten Hinterbliebenen«. Manches schwarzgekleidete Mütterchen mit altmodischem Zopfkranz um den Kopf sah aus, als käme es aus einem anderen Jahrhundert.

Julian fragte nach dem »Rebweg«, in dem Tante Kasimiras Haus lag, das sein Zuhause werden sollte.

»Des isch aber witt«, sagte ein alter Mann zu ihm, »mindestens fünfzehn Minuten Fußweg.« Er beschrieb ihm den Weg.

Für Seidelbach waren fünfzehn Minuten weit, dachte Julian, der sich erst an die kleinen Dimensionen von Seidelbach gewöhnen mußte. Julian ging die Bahnhofstraße entlang in Richtung Hauptstraße, vorbei an gepflegten Häusern mit blühenden Gärten und Blumenkästen und war mit seinen forschen großen Schritten in knapp zwölf Minuten angelangt.

Eine Straße führte bergan und schien den Weinbergen direkt in die Arme zu laufen. Seidelbach träumte unter der Hügelkette mit dem dichten Hochwald dem Abend entgegen, als Julian den Stadtgarten hinter sich gelassen hatte, aus dem das Geschnatter der Enten kam.

Auf einmal kam auf der rechten Seite eine

Hangwiese mit hohem Gras in Sicht, auf deren Kopf ein bizarres Haus in den Himmel ragte. Kein anderes Haus im Rebweg sah so aus wie dieses. Die anderen Häuser waren alle neu. Das alte Haus mit dem spitzen Giebeldach, der verzierten Holzveranda, der Holzverkleidung und dem aus Natursteinen gebauten massiven Unterbau war ein Individualist, der einsam und stolz von der bunten, herabfallenden Blumenwiese getragen wurde, auf der Sträucher und Apfelbäume wuchsen.

Julian blieb stehen und betrachtete das Haus. Es wirkte etwas müde und verwittert und strahlte doch so etwas wie eine stolze Würde aus.

Silbrig schwebte auf einmal die Mondsichel über dem Giebel, noch farblos, da sich die Sonne erst vor kurzem verabschiedet hatte. Es war Julian, als fiele ein dunkler, durchsichtiger Vorhang herab, und das war der Augenblick, der Julian aus der Zeit hob und in sein Herz fiel wie ein Pfeil, der ihn getroffen hatte. Wie die Spitze eines Pfeils bohrte sich die Liebe zu diesem Haus unter dem fahlen Mond in der Traumdunkelheit in sein Herz. Eine heftige, beinahe schmerzliche Liebe. Das war es, wonach er unbewußt schon immer gesucht hatte.

Sein Zuhause. Kein anderes Haus in dieser Straße kam diesem gleich, das sich vom ersten Augenblick an in seinem Herzen eingenistet hatte. Ja, hier wollte er bleiben, obwohl er noch nicht einmal richtig angekommen war. Als Künstler spürte Julian die Schwingungen, die von diesem, seinem Haus, ausgingen.

Julian stürmte die Wiese hinauf, durch das hohe tiefgrüne Gras, dem Haus entgegen, als wollte er es umarmen.

Plötzlich hielt er mitten im Lauf inne.

Zwei spitze Katzenohren, die wie dünne Blätter aussahen, ragten vor ihm aus dem Gras empor. Ein Katzenkopf hob sich, und zwei grünschillernde Augen blickten Julian an.

Julian begegnete Micki.

Micki war dunkel gestromt. Die rechte Gesichtshälfte zeigte bleistiftschwarze schräge Linien auf weißem Grund, während die linke Hälfte dunkelgrundig war mit hellen Streifen. Das gab Micki das Aussehen einer japanischen Maske. Aber nur für den ersten Augenblick. Wenn man den Gesamteindruck wahrnahm, war Micki eine Katzenschönheit von exotischem Flair.

Micki hockte zwischen Glockenblumen und blickte Julian mißbilligend an. Was hatte dieser fremde Mensch auf seiner Wiese zu suchen. Wie konnte er mit diesem Eiltempo die Glockenblumenruhe stören?

Julian bückte sich und wollte die Katze streicheln. Aber Micki huschte davon, lautlos, dem

Haus entgegen, schlüpfte durch die katzenkopf-geschnitzte Schleuse im Keller und verschwand im Haus.

Tante Kasimira hatte also eine Katze, dachte Julian. Die würde er wohl nun als »Mitgift« bekommen, wenn Tante Kasimira nicht mehr da war. Julian wußte nicht, ob er darüber begeistert war. Er hatte noch nie ein Haustier besessen.

An der alten, stabilen Holzhaustür angelangt, klingelte Julian. Es dauerte eine Weile, bis die Tür geöffnet wurde.

Dann stand eine zierliche alte Dame mit weißen Haaren und Ponyschnitt vor ihm, lächelte ihn an und reichte ihm eine papierleichte Hand.

»Du bist also Julian«, sagte Tante Kasimira. »Willkommen daheim«.

Julian umarmte Tante Kasimira. Sie paßte genau in dieses Haus, dachte er. Es duftete nach Äpfeln und Kaffee, und der Apfelduft erinnerte Julian an seine Kindheit in Thüringen. Auch in dem alten Großmutterhaus hatte es immer nach Äpfeln geduftet.

Tante Kasimira führte Julian eine Holztreppe empor in die erste Etage des zweigeschossigen Hauses, in ein gemütliches Wohnzimmer.

In dem roten Plüschsessel neben dem Kamin saß die dunkelgestromte Katze mit dem weißen Bauchfell und den weißen Pfötchen und blickte Julian wieder etwas hochmütig an.

»Das ist Micki«, stellte Tante Kasimira vor. »Mein sechsjähriger Kater und bester Freund.« Der beste Freund blinzelte, während Tante Kasimira zärtlich über seinen Kopf fuhr. »Ich hoffe, du wirst gut für ihn sorgen, wenn ich einmal nicht mehr bin«, fuhr sie fort.

Julian versprach es und streichelte Micki sanft, was der Kater sich zu Julians Erstaunen gefallen ließ. Julian spürte das warme seidige Fell unter seiner Hand. Er beugte sich zu Mickis Blätterohr und flüsterte ihm zu: »Du sollst mir willkommen sein, du alter Wiesenmauser, du.« Da war es zum ersten Mal. Dieses zärtliche Wort. »Du alter Wiesenmauser, du.« Micki lauschte dem Wort nach. Der Klang gefiel ihm, und auf einmal begann er leise zu schnurren, so wie wenn jemand eine kleine Melodie summt.

Micki nahm sich vor, sich mit diesem neuen Menschkater zu arrangieren, der da so plötzlich in sein Reich gekommen war.

»Micki mag dich«, sagte Tante Kasimira glücklich. »Jetzt kann ich ruhig nach Hause in die Ewigkeit gehen.«

»Bitte, bleib noch bei Micki und mir«, sagte Julian und nahm Tante Kasimiras Hände in die seinen, hielt sie ganz fest.

Tante Kasimira lächelte fern, den Blick in Weiten gerichtet, in denen Julian sie nicht erreichen konnte.

»Meine Zeit hier ist vorbei«, sagte sie sanft und ohne Aufbegehren. »Ich habe mein Leben gelebt, und es war schön und wunderbar.«

Schön und wunderbar. Wie reich war Tante Kasimira in ihrer Weisheit um Leben und Tod.

Sie tranken Kaffee, aßen »Vesperbrote«, und später schenkte Tante Kasimira Julian und sich einen Obstler ein, »hausgebrannt«, wie sie sagte, von ihrem Nachbarn, Herrn Anfang, der ein schönes modernes Haus besaß, mit Ferienwohnungen, die er an Gäste vermietete.

Julian bekam das Gästezimmer in der zweiten Etage. Es hatte einen holzgeschnitzten Balkon, der wie ein Vogelnest vor dem großen Bogenfenster klebte. Hier werde ich mein Atelier einrichten, dachte Julian.

Tante Kasimira schien noch einmal aufzuleben, und Julian hoffte, sie würde noch bleiben. Aber er hatte sich getäuscht. Vier Tage nach seiner Ankunft lag Tante Kasimira tot im Bett. Sie sah aus, als schliefe sie. Ihr Herz war einfach stehengeblieben.

Micki schlich zu ihrem Zimmer, maunzte und schnurrte, strich mit seiner Samtpfote über Tante Kasimiras kleines Gesicht, wollte sie aufwecken. Dann setzte er sich zwei Tage lang vor Tante Kasimiras Schlafzimmertür und trauerte stumm und still.

Die Beerdigung fand auf Tante Kasimiras

Wunsch in aller Stille statt. Sie hatte sich der Pathologie zur Verfügung gestellt und bestimmt, daß ihre Asche an einen unbekannten Ort gestreut werden sollte. Tante Kasimira wollte verschwinden wie ihr Sohn im weiten Rußland einst verschwunden war. Irgendwo würde sie ihn nun wiedersehen. Daran hatte sie fest geglaubt.

Auch Julian trauerte um Tante Kasimira, die er für die kurze Zeit ihres Daseins noch in sein Herz geschlossen hatte.

In seiner Katzentrauer fraß Micki vier Tage lang nicht, war unerreichbar für Julian, der sich die größte Mühe gab, Micki aus seiner Trauer herauszuholen.

Micki schloß die Augen zu Bleistiftschlitzen, war für die Welt nicht ansprechbar.

Jetzt, nachdem Julian gekommen war, hatte Tante Kasimira losgelassen, sich gelöst von der Erdenschwere, um in die große Ewigkeit hinüberzugehen. Nachdem Tante Kasimira nicht mehr da war, verschwand Micki für zwei Tage, und kein Ruf Julians erreichte ihn.

Er tauchte erst wieder auf, als der Totengeruch aus Tante Kasimiras Zimmer verschwunden war, weil Julian gründlich gelüftet hatte und die alten Möbel in den Schuppen hinter dem Haus gebracht hatte.

Sein Menschkater saß in Tante Kasimiras rotem Plüschsessel, als Micki lautlos hereinkam.

»Micki, da bist du ja, du alter Wiesenmauser, du.« Micki blickte Julian an, sprang auf seinen Schoß, rollte sich zusammen und begann zaghaft sein Schnurrlied.

Julian streichelte und kraulte den Kater, sprach zärtliche Worte in sein Blätterohr. So trauerten sie gemeinsam um Tante Kasimira, die ihnen beiden soviel Gutes getan hatte und in ihnen weiterleben würde, als wäre sie niemals fortgegangen.

Micki und die Malschülerin

Micki erwachte an diesem Oktobertag, reckte und streckte sich. Er hatte Stunden verträumt und verdöst in seinem Kornblumenkissen. Jetzt war es Zeit, einmal nach seinem Menschkater zu sehen, dem er sich nach dem Tode Tante Kasimiras angeschlossen hatte. Micki fuhr sich in Katzenwäsche über Ohren und Mäulchen, schritt dann leise durch den Flur und überlegte, ob er zum Schlafzimmer hinaufgehen sollte. Sein Menschkater lag noch in den Federn. Zu gern hätte es sich Micki bei Julian im Bett bequem gemacht. Aber Julian hatte von Anfang an gesagt: »Das eine sage ich dir, Micki, es bleibt bei getrennten Schlafzimmern. In mein Bett kommst du nicht.« Bei Tante Kasimira war er hin und wieder ins Bett geschlüpft. Sie hatte es geduldet. Aber bei Julian war nichts zu machen. Micki fügte sich.

Sollte er sich lang machen und an der Schlafzimmertür trommeln? Aber dann beschloß Mikki, erst einmal frische Herbstluft zu schnuppern. Vielleicht traf er auch die Federweiße, auf die er ein Auge geworfen hatte, die kleine zarte Katze, die zu dem weißen protzigen Haus am Anfang des Rebwegs gehörte und neu in dieser Gegend war.

Er schlüpfte durch die Katzenschleuse nach draußen. Ein Hauch von Nacht lag noch über der Wiese. Die Sonne rutschte gerade hinter dem Rücken der Rebhänge wie eine überreife Orange herab, um das Tal mit Morgenlicht zu füllen. Micki schnupperte an den taufrischen Gräsern, liebkoste das Wiesenschaumkraut, trödelte in Richtung Protzhaus und rief leise nach der Federweißen. Dann setzte er sich auf einen Erdhügel und wartete. Nichts geschah. Die Federweiße ließ sich nicht blicken. Vielleicht schlief sie noch wie sein Menschkater.

Mickis Blattohren bewegten sich im Wind, mal hier-, mal dorthin. Er nahm die Morgengeräusche der Straße wahr, anfahrende Autos, sich öffnende Fenster, den Ruf des Eichelhähers aus dem nahen Wald, das schleifende Geräusch eines Fahrrads und das Apfelbaumgeflüster.

Er schlich wieder durch das Gras, duckte sich hinein, so daß die Gräser wie ein Wald über ihm zusammenschlugen und er sie wachsen hörte.

Darüber verstrich die Zeit.

Plötzlich richtete sich Micki bocksteif auf. Da hörte er es wieder, dieses verhaßte Geräusch, die schnarrenden Räder, die hysterischen Bremsen, den harten Ruck.

Vor der Hangwiese, die Micki gehörte, stand das knallrote Ungeheuer, chromblitzend-höhnisch, dem Micki von Anfang an den Krieg erklärt hatte. Er konnte Autos nicht ausstehen und schon gar nicht dieses superschnelle und superglänzende Sportcoupé, das sich wie ein Parasit in Julians und Mickis Leben drängte.

Micki kannte kein Pardon diesem roten Feind gegenüber. Obwohl Micki im Innersten seines Katerherzens Pazifist war und Kriege und Krieger haßte, weil sie Krach machten. Krach tat Mickis Katzenohren weh. Und nun richtete dieses knallrote Dingsda besitzergreifend seine Scheinwerferglubschaugen auf das Holzhaus, als wolle es sein Innerstes durchbohren.

Micki fand, daß so ein lärmendes Etwas absolut nichts in seinem und Julians Reich zu suchen hatte. Der Ansicht war bestimmt auch seine zarte Freundin, die sensible Narzisse, die neben seiner linken Pfote wuchs. Er sah, wie sie ihr Köpfchen dem Wiesenboden zuneigte, um das rotblitzende Scheusal nicht zu sehen.

Schon einmal hätte dieser rote Drachen Micki beinahe im halsbrecherischen Tempo überfahren, wenn Micki sich nicht in letzter Sekunde mit einem kühnen Langsprung in Nachbar Anfangs Zwiebelbeet gerettet hätte, was wiederum den armen Hund Waldemar zu hysterischem Gebell veranlaßt hatte. Daraufhin war Mickmännchen

Anfang in der Tür erschienen und hatte wie ein rechthaberischer Dorfoberpolizist gebrüllt: »Hau ab, du blödes Katzenvieh«, was er Micki nicht zweimal zu sagen brauchte, denn der Platz im Zwiebelbeet war sowieso unter Mickis Würde.

Die Abneigung beruhte auf Gegenseitigkeit. Micki konnte weder den armen Hund noch den mickrigen Herrn Anfang leiden.

Micki konnte seinen Menschkater nicht verstehen, daß er das rote Monster vor dem Wiesenhaus duldete.

»Micki, es ist nur wegen des Geldes, verstehst du?« hatte Julian zu ihm gesagt und zu erklären versucht. »Das Auto gehört dem reichen Mädchen, das meine Malschülerin ist, dem Papa des reichen Mädchens gehört die Papierfabrik, auf deren Schornstein du tagaus, tagein blickst. Der Papa bezahlt für die Malstunden seiner Tochter verdammt gut. Dafür kann ich dir viele Dosen deines Lieblingsfutters kaufen, und für mich bleibt auch noch etwas übrig, zum Beispiel einige Flaschen meines Lieblingsweins, der hier auf den Hängen wächst. Das verstehst du doch, du alter Wiesenmauser, du?«

Micki hatte seine Blätterohren hin- und herbewegt, Julian mit seinem grünen Blick unablässig bedacht und so getan, als verstände er alles.

Jetzt machte Micki einen großen Bogen um

das rote Auto des reichen Mädchens, schlich durch die Katzenschleuse zurück ins Haus und sachte die Treppe zum Atelier empor. Die Tür stand einen Spaltbreit offen. Obwohl Micki das Atelier nicht besonders gern mochte, weil es so scheußlich nach Farben, Terpentin und anderen widerlichen Sachen roch, huschte Micki unbemerkt hinter die große Leinwand am Fenster und lugte hervor. Im Atelier war Julian immer sehr weit von Micki entfernt, in seiner eigenen Welt, wenn er vor der Staffelei stand und malte.

Aber sein Menschkater und das junge Mädchen mit den langen Beinen und den langen blonden Haaren hätten Micki sowieso nicht bemerkt. Sie waren zu sehr mit sich selbst beschäftigt. Micki beobachtete es argwöhnisch aus seinem Versteck heraus.

Sie fuchtelte mit dem Pinsel grob über die Leinwand, Julian stand ein wenig zu dicht hinter ihr und sah ihr zu. Plötzlich lehnte sich die Blonde wie unbeabsichtigt zurück und wäre gefallen, hätte Julian sie nicht aufgefangen und festgehalten.

Das konnte Micki nicht dulden. Er sprang hervor, fegte zwischen die vier Beine, daß alle vier ins Stolpern kamen und beide, Mann und Frau, hinterrücks hinfielen. Geschah ihnen ganz recht. Mickis grüne Augen glitzerten böse wie in einem Horrorfilm.

Julian rappelte sich zuerst auf.

»Micki, was fällt dir ein?« sagte er mit ziemlich lauter Stimme. Die Blonde kreischte wie eine Säge, so daß Mickis Haare sich sträubten.

»Du hinterlistiges Katzenvieh«, schrie die Blonde, aber sie lachte dabei, schüttelte die Mähne und blitzte Julian herausfordernd an.

Micki öffnete sein Schnäuzchen so weit es ging und fauchte das Mädchen böse an. Wozu hatte er sich seinen Raubtierinstinkt bewahrt? Bei solchen Gelegenheiten kam er gerade recht.

Am liebsten hätte er seine scharfen Krallen ausgefahren und mit ihr Klartext geredet. Micki konnte dieses parfümierte Frauenbild einfach nicht riechen. Prüfend streckte er die rechte Vorderpfote mit den spitzen Krallen aus, es sah beinahe so aus, als drohe er mit der Faust, und fixierte das rechte Bein der Blonden.

»Für heute beenden wir die Malstunde«, sagte Julian. »Fräulein Erdwein, versuchen Sie es zu Hause erst einmal mit einfachen Strichen.«

»Schon?« fragte Fräulein Erdwein kokett. »Schade«, jetzt fängt es doch gerade erst an, Spaß zu machen.«

»Die Stunde ist vorbei«, beharrte Julian und lächelte das Mädchen an.

Micki hatte es sich anders überlegt, er sprang auf den runden kleinen Tisch vor der Couch, auf dem die Silberschale stand. Und mitten im blanken Silber, einem Erbstück Tante Kasimiras, lag der blaue Schein. Julians Honorar. Micki schnupperte daran. Er stank abscheulich, wie alles Geld.

Aber davon konnten Julian und Micki eine Woche lang bescheiden leben. Fräulein Erdwein, beziehungsweise ihr Papiervater, bezahlten stets in bar. Das sparte dem Vater Zeit und Julian Steuergeld.

Julian begleitete Fräulein Erdwein nach unten bis vor die Haustür. Micki schlich hinterher, duckte sich ins Gras.

»Dann bis zur nächsten Woche, Herr Jordan.« Die Blonde gab Julian die Hand und sah ihm dabei tief in seine Sternennachtaugen.

Dann stieg sie ins Auto, knallte die Tür zu, was sich wie die Schußanlage in den Weinbergen gegen die Vögel anhörte, gab Gas und fegte davon, daß die Reifen aufschrien. Micki wandte sich angewidert mit hocherhobenem Katzenhaupt ab. Zuvor warf er dem roten Feind einen abgrundtiefen Katzenverachtungsblick nach, den ihm so schnell keiner nachmachte.

Julian nahm Micki liebevoll auf den Arm, was Micki wieder einigermaßen versöhnte und trug ihn ins Haus.

»Unser Lebensunterhalt für die nächsten Tage ist gesichert, mein guter Freund«, sagte Julian frohen Herzens in Mickis Blätterohr.

Julian trank seinen Lieblingsweißwein. Nach dem dritten Glas sang er ein Lied mit eigenem Text, daß er mit keinem Menschen tauschen möchte, weil er hier so frei und zufrieden sei.

Obwohl Julian sang, hörte Micki das zarte, leise Miauen der Federweißen, das sein Fell erzittern ließ. Er hörte ihren fernen Ruf, der das Menschenohr nicht erreichte. Sein Körper straffte sich. Reglos lauschte Micki. Dann schlich er lautlos davon, dem Ruf nach, durch das duftende Gras in den vollen Tag hinein, der auf einmal angefüllt mit Glanz war und sein Katerherz erwärmte.

Micki und die Federweiße

*D*ie Federweiße, graziös und anmutig, saß reglos wie aus Porzellan am Fuß der Hangwiese und blinzelte Micki entgegen. Niemand sonst als sie hätte Micki auf seiner Wiese geduldet. Die anderen Katzen der Umgebung mit Manieren wußten das und hielten gebührend Abstand. Und wer Mickis Duftnoten zu nahe kam, bekam eins hinter die Ohren. Er hatte eine schlagkräftige Linke, die von manchem gestandenen Kater gefürchtet war.

Aber die Federweiße war neu. Bescheiden und vornehm blickte sie Micki aus blauen Augen an.

Die protzige Jugendstilvilla, in der sie wohnte, paßte gar nicht zu ihrer vornehmen Bescheidenheit.

Neben der Federweißen kam Micki sich geradezu plump und weinbäuerisch vor, so richtig seidelbachtälerig, obwohl er solche Komplexe bestimmt nicht zu haben brauchte, denn als Kater war er ein schöner »Mensch«.

Die Federweiße war eine Lady, vom schmalen Kopf bis zu den zierlichen Pfötchen hin, die aussahen, als trüge sie weiße Ballerinenschuhe, die nie schmutzig würden.

Kennengelernt hatten sie sich vor zwei Nächten bei Vollmond. Da saß sie schüchtern am Rande der Wiese und miaute sehnsüchtig den Mond an. Der konnte nicht zurückmiauen, nur leuchten konnte er. Und wie er in dieser Nacht leuchtete. Es war eine Nacht zum Verlieben gemacht. Die Apfelbaumzweige geigten ein Liebeslied im Wind, und der Bach hinter dem Haus gluckerte hell wie Xylophonspiel.

Die Federweiße bemerkte nicht den alten, grauen, ungepflegten Streunerkater mit dem unappetitlichen Fell und den triefenden Grauaugen, der sich hinterrücks und heimtückisch an die makellose Federweiße heranmachte.

Da sprang Micki in langen Sätzen zu ihr, gab dem verdutzten, nicht mehr so reaktionsschnellen Kater ein paar kräftige Ohrfeigen, daß er auf seinen knochigen Rücken fiel, während die Federweiße miauend auf den nächsten Apfelbaum sprang und in sicherer Entfernung dem Kampf zusah.

Während Micki und der Streuner von Woweißwoher sich zeternd auf dem Boden wälzten und sich gegenseitig die übelsten Beleidigungen und Unverschämtheiten entgegenmiauten, war der Zauber der Nacht endgültig vorbei.

Micki war der Stärkere. Die Liebe verlieh ihm Bärenkaterkräfte, und nachdem er dem liebeshungrigen Katerritter von der traurigen Gestalt noch einen scharfen Biß in sein rechtes Ohr gegeben hatte, zog der Streuner den Schwanz ein und trottete geschlagen in Richtung Walddunkel davon, um seine Wunden zu lecken.

Micki sah ihm stolz wie ein Matador nach.

»Du kannst herunterkommen«, signalisierte er der Federweißen, die bewundernd auf ihren Kavalier herabsah.

»Die Luft ist rein.« Gerade in diesem Moment blies der Schornstein der Papierfabrik eine steile Wolke in den Himmel, die der Wind in Richtung Weinberge trieb. Papiervater ließ rund um die Uhr arbeiten. Sein Schornstein rauchte immer.

»Hatschi«, nieste die Federweiße und glitt geschmeidig den Stamm herunter. Micki pirschte sich vorsichtig an ihre Seite und rieb sanft seinen Kopf an dem Flockenköpfchen. Sie ließ es sich etwas verschämt gefallen. Schließlich war sie ihm zu Dank verpflichtet.

In geheimem Einverständnis schritten sie dann Seite an Seite über die Wiese, und Micki zeigte seiner neuen Flamme sein Reich. Sie waren sich sympathisch, und die Federweiße hörte artig zu, was Micki ihr miaute. Sie unterbrach ihn nicht ein einziges Mal. Darin zeigte sich ihre gute Erziehung.

Und daran hatte Micki in diesen Augenblicken gedacht, als er wieder vor ihr stand.

»Miau«, begrüßte er sie mit leichtem Kopfnikken.

»Miau«, grüßte die Federweiße zart zurück.

Gemeinsam durchstreiften sie die Hangwiese, über der das Mondlicht wie ein flirrender Teppich lag.

Auch die Mäuse waren in dieser Nacht unterwegs. Aber Micki dachte jetzt nicht ans Jagen, obwohl er sie ziepen hörte, und auch die Federweiße dachte nicht daran. Micki hatte nur Augen und Ohren für seine anmutige Begleiterin, die seine Liebe zu erwidern schien.

Unter seinem Lieblingsbaum mit den tief herabhängenden Zweigen nahmen sie Platz, kuschelten sich eng aneinander und genossen die mondhelle Katzenliebesnacht.

Am nächsten Morgen erst kehrten sie heim. Jede Katze, die etwas auf sich hielt und nicht degeneriert war, wußte, daß die Nacht nicht nur zum Schlafen da war.

Micki hatte seine Angebetete dazu überreden können, mit ihm in sein Katerhaus zu gehen und gemeinsam zu frühstücken. Sein Menschkater würde bestimmt nichts dagegen haben.

Julian staunte an diesem Morgen, als er Micki mit der Federweißen einträchtig über den Futternapf gebeugt sah, wo sie das Hartfutter vom

Vorabend verzehrten. Es mußte für sie wie knusprige Brötchen sein, denn beide gaben sich ganz dem knackigen Frühstück hin.

Micki strich später um Julians Beine, während die Federweiße im Hintergrund stand und zu Julian emporblickte.

»Du hast einen Gast mitgebracht«, sagte Julian zärtlich zu Micki.

»Eine Dame, wie ich vermute?«

»RRRRRR, Miau!« antwortete Micki stolz, während die Federweiße zierlich auf ihrem kleinen Hinterteil saß, die Pfötchen artig nebeneinander gestellt. Sie war noch sehr jung, ein zauberhaftes Katzenmädchen mit schüchternen Jungkatzenaugen.

Julian füllte frisches Wasser in zwei Schalen. Micki trank in durstigen Zügen, während die Federweiße nur einen winzigen Schluck nahm. Sie bevorzugte das brackige Wasser aus dem Goldfischteich, der in dem großen Garten hinter ihrem Haus lag.

Nach anfänglicher Scheu ließ sich die Federweiße von Julian zart streicheln, während Micki vor Freude und Übermut zum Dauerschnurrer wurde. Er schnurrte, was das Zeug hielt, als wollte er ins Guinnessbuch der Schnurr-Rekorde kommen.

Nach der Mahlzeit widmeten sich Lady Federweiß und Gentleman Micki der intensiven

Fellpflege, was geraume Zeit in Anspruch nahm.

Plötzlich spitzte die Weiße ihre Schmetterlingsohren.

»Oktavia, Oktaviaaa«, rief eine schrille Frauenstimme.

»Entschuldige, Micki«, miaute Oktavia, »meine Katzenmenschin ruft mich. Ich muß jetzt gehen.« Sie rieb zum Abschied ihr Rosanäschen an Mickis Flanke, daß es ihm durch und durch ging. Dann huschte sie durch die Schleuse hinaus.

Micki fühlte noch das feuchte Katzennäschen und träumte vor sich hin in den beginnenden Tag hinein. Es war Zeit, sich aufs Ohr zu legen nach dieser langen, wunderbaren Nacht.

Wie schön war es für Micki, kommen und gehen zu können, wann er wollte, ohne jegliche Kontrolle und Hindernisse. Er gehörte nun einmal zur Rasse der Nachtschwärmer.

Micki rollte sich in Tante Kasimiras Sessel zusammen und träumte von der Federweißen, glitt durch das Katertraumland wie auf Wolken. Er liebte die Federweiße, obwohl sie Oktavia hieß, aus einem Goldfischteich trank und mit einer schrillen Stimme in einem weißen Haus lebte, das Stil hatte, genauer gesagt, Jugendstil.

Micki und die Krähentante

Wenn Micki etwas nicht ausstehen konnte, dann waren es Krähen. Schwarzklumpig, wie Angestellte eines Beerdigungsinstituts, krakeelten sie heftig auf seiner Hangwiese, breiteten sich rüpelhaft in Hausbesetzermanier auf fremdem Eigentum aus, flatterten mit knarrendem Flügelschlag und krächzten, daß es einem leisen, kultivierten Kater geradezu übel werden konnte vor lauter Abneigung gegen das laute Federvolk.

Auch an diesem Herbstmorgen hatten sie sich wie zu einer Protestversammlung auf Mickis Wiese eingefunden und machten einen Höllenlärm nach dem Motto »Proletarier aller Länder vereinigt euch«.

Mickis Nerven hielten das nicht länger aus. Wütend fuhr er dazwischen, verschreckt und kreischend knatterten sie davon, nach allen Richtungen, aber eine war nicht schnell genug, und Micki erwischte sie. Er schüttelte sie, daß ihr Hören und Sehen verging und schließlich das Leben.

Leblos wie ein nasses Tuch hing sie in seinem Schnäuzchen. Stolz, weil er ein so guter Jäger war, wollte Micki sie ins Haus zu Julian tragen, als er plötzlich einen harten, zupackenden Griff im Nacken spürte. Wie in einem Schraubstock kam Micki sich vor.

»Du widerlicher Räuber, du«, rief eine brüchige Altfrauenstimme, die sich anhörte wie das Krächzen der abscheulichen Krähen. »Die armen unschuldigen Vögelchen zu jagen. Na, warte, das werde ich dem Tierschutzverein melden.«

Fenster gingen auf. Neugierige Augen blickten zu Micki, der Frau und der toten Krähe hin.

Micki hatte jetzt zwei Möglichkeiten. Entweder, er ließ die erjagte Krähe los und biß die schwarzgekleidete Frau mit dem Würgegriff, oder er verpaßte ihr einen scharfen Kratzer, an den sie denken würde, was jedoch nicht so einfach war, denn die dürre Alte hielt ihn mit erstaunlicher Zähigkeit fest.

Micki wollte seine Beute nicht hergeben und hatte sich gerade für die scharfe Kralle entschlossen, als Julian aus dem Haus kam.

»Was geht denn hier vor?« fragte er erstaunt, als er die fremde Frau, die Hand in Mickis Nakken gekrallt, und Micki sah, der verbissen die tote Krähe mit seinen Zähnen hielt.

»Junger Mann, gehört der Kater Ihnen?« fragte die Frau.

Als Julian bejahte, fuhr sie streng fort:

»Sie sollten besser auf diesen räuberischen Kater aufpassen. Das arme Vögelchen.« Plötzlich fing sie zu schluchzen an. Jetzt heulte sie doch tatsächlich laut los. »Ich melde das dem Tierschutzverein«, drohte sie unter Schluchzen.

Julian stand zunächst etwas ratlos da. Er wollte gerade etwas zu Mickis Verteidigung sagen, von angeborenem Jagdinstinkt oder so, als ihm etwas einfiel.

»Kommen Sie doch erst einmal ins Haus und beruhigen Sie sich«, sagte er sanft zu der Frau. »Wir können bei einer Tasse Kaffee alles in Ruhe besprechen.« Das Wort Tierschutzverein hatte Julian erschreckt, und er hielt diese Taktik erst einmal für das gegebene. Obwohl man einer Katze schließlich nicht verbieten konnte, ihren Jagdinstinkt auszuleben. Die Frau ließ Micki los.

Micki schritt stolz und voller Unschuld, immer noch die Krähe im Schnäuzchen, mit ins Haus. Diesmal ging er sogar durch die Tür und nicht durch die Katzenschleuse.

Die alte Frau blickte Micki angewidert an.

»Wollen Sie das etwa dulden, daß dieser Mörder den armen toten Vogel mit ins Haus bringt?« fragte sie und trocknete sich die Tränen. Dann schneuzte sie sich so laut, daß Micki vor Schreck die Krähe fallen ließ. Julian hob sie auf, legte sie neben die Regentonne und murmelte etwas von »später würdig begraben«.

Das schien die Alte zu beruhigen. Neugierig sah sie sich im Haus um, blickte mißbilligend auf die Staubschicht über dem Bücherregal und nahm dann im Wohnzimmer am runden Nußbaumtisch Platz.

Julian kochte Kaffee, stellte eine Schale mit Plätzchen hin, und sie unterhielten sich miteinander, während sie Kaffee tranken.

In Windeseile knabberte Frau Bächle, wie sie hieß, wie eine Nagemaus die Plätzchen weg, trank drei Tassen Kaffee, und als Julian die Flasche mit dem Kirschwasser holte, schien sie vergessen zu haben, daß draußen eine tote, von Micki gemordete Krähe lag.

Sie erzählte ausgiebig ihre Lebensgeschichte, und Julian hörte geduldig zu. Frau Bächle war in Seidelbach geboren, hatte hier geheiratet, ihren Mann beerdigt und lebte nun allein im ererbten Elternhaus, da sie kinderlos war. Ihr Mann Willi war an Magenkrebs gestorben.

»Der Arzt war schuld«, sagte sie erbittert.

»Wieso?« fragte Julian irritiert.

»Er hat es zu spät erkannt.«

Aha, dachte Julian. Diese Dame scheint zu denen zu gehören, die immer anderen die Schuld für Unglück geben.

»Immer hat mein Willichen nach der Gesundheit gelebt«, zeterte sie. »Willichen, höchstens ein Bier am Abend«, habe ich immer zu ihm gesagt, und er hat es mir gedankt. Ein Leben lang hat er sich daran gehalten. Genau nach Kalorien hat er gelebt. Spaghetti habe ich für uns beide immer abgezählt, höchstens dreizehn Stück für jeden. In die Sauna ist er gegangen. Nie hat er zuviel gegessen, eher wenig, wegen der Kalorien und des Cholesterins.«

Frau Bächle hielt inne und nahm einen kräftigen Schluck aus dem Kirschwasserglas.

Hättest du deinem Willichen nicht die Spaghetti abgezählt und das Bier zugeteilt, wäre er vielleicht noch nicht auf so endgültige Weise abgedankt, dachte Julian.

Vielleicht hätte er sich gern einmal satt gegessen und so keine Magengeschwüre angeärgert.

Aber Julian hütete sich, seine Gedanken laut werden zu lassen. Frau Bächle wäre noch länger geblieben, obwohl es schon auf Mittag zuging, hätte nicht der Briefträger geklingelt und ein Einschreiben gebracht.

Endlich erhob sie sich, warf Micki, der sich im Döszustand im Sessel befand, einen giftigen Blick zu und ging, von Julian begleitet, nach draußen.

»Von einer Anzeige beim Tierschutzverein wegen Wilderei werde ich noch einmal absehen«, sagte sie großmütig. »Schließlich bin ich ein christlicher und großzügiger Mensch.«

So siehst du auch aus, dachte Julian amüsiert.

Aufatmend ging Julian ins Haus. Er hoffte, Frau Bächle so schnell nicht wiederzusehen, was höchst unwahrscheinlich war, denn in diesem kleinen Ort begegnete man sich unweigerlich immer wieder.

Julian fiel die Krähe ein. Er warf sie, eingewickelt, in die Mülltonne. Von Seemannsgräbern hatte Julian erst einmal genug. Die waren den Mäusen vorbehalten. Morgen war Müllabfuhrtag. Da würde die Krähe ihren letzten Ruheplatz auf der Deponie erhalten.

Julian stolperte über einen Blumentopf, als er ins Haus kam. Das weckte Micki auf. Vorwurfsvoll sah Micki seinen Menschkater an.

»Entschuldige, Micki«, sagte Julian und streichelte Mickis Ohr, »aber diese scheinheilige Krähentante hat mich einfach aufgeregt.«

Das verstand Micki. Schnurrend erteilte er Julian Absolution wegen der Störung. Ihn hatte sie auch aufgeregt. Er spürte noch die knochige, harte Hand in seinem Nackenfell. So etwas war er nicht gewöhnt.

In Erinnerung daran sträubte sich Mickis Fell. Es gab doch seltsame Zeitgenossen.

Micki begann sich ausgiebig zu putzen, besonders dort, wo die Alte ihn angepackt hatte. Er leckte die Erinnerung daran weg, bis auch nicht mehr der leiseste Altfrauenhandgeruch in seinem glänzenden Fell zu riechen war. Erst dann streckte er sich wieder im Sessel aus, legte seinen Kopf zwischen die Pfoten und ließ sich ins Katzentraumland gleiten.

Micki und die Donnerstagsgäste

An diesem Donnerstagmittag saß Julian auf der alten Holzbank vor dem Haus, die schon Tante Kasimira viele Jahre lang als Ruheplatz gedient hatte und blickte über die Hangwiese. In verschwenderischer Herbstbuntheit lagen die Vorgärten vor den weißen und pastellfarbenen Häusern vor ihm, die wie bei einem Schönheitswettbewerb miteinander konkurrierten.

Dagegen sah das Julian-Micki-Haus wie ein armer Verwandter aus, der in Ehren alt geworden war und den man zwischen den Neuen, Reichen duldete. In Wahrheit war es umgekehrt. Als erstes Haus hatte Tante Kasimiras Haus hier unter den Rebhängen gestanden, als unter den Weinbergen noch alles wilde Hügelwiese und Brachland war, als es keine Straßen und Wege gab. Viel später erst waren dann die Neureichen angerückt, hatten Tante Kasimiras Haus aus seiner Stille geholt und diese Gegend »zur gehobenen Wohnlage« mit entsprechenden Grundstückspreisen gemacht. Aber noch immer stand Tante Kasimiras Haus in stolzer Einsamkeit auf dem höchsten Punkt des Hanges und schaute auf die anderen Häuser herab. Wer in dieser Straße wohnte, hatte Geld, und Julian und Micki waren so etwas wie Außenseiter in dieser Gesellschaft. »Gehoben« war nur die Lage ihres Hauses.

Julian gab sich der Harmonie der Hangwiese hin. Vom ersten Augenblick an hatte er sich hier heimisch gefühlt. Micki lag zusammengerollt inmitten der Gräser und hatte seinen fernöstlichen Meditationsblick. Wenn seine Augenschlitze wie Bleistiftlinien in seinem Gesicht standen, sah er geradezu exotisch aus.

Ein Auto kam langsam die Straße entlang, riß Micki aus seiner Meditation und hielt vor dem Hanghaus am Rande der Wiese.

Micki erhob sich und sah streng zu dem vierräderigen Störenfried hin.

Ein lattenlanger Mann und eine ziegenhafte Frau stiegen aus und blickten sich mit unbewegten Mienen um.

Plötzlich entdeckte die dürre Frau Julian.

»Huhu«, schrie sie, daß Mickis Ohr schmerzhaft zitterte. »Julian, da bist du ja.« Ihre Stimme schrillte über die Wiese und zerteilte die Mittagsstunde. »Endlich haben wir dich gefunden«, posaunte sie.

Julian fuhr erschrocken hoch. Er hatte gerade wie Micki mit geschlossenen Augen der Oktoberwiese zugehört, und nun wurde er durch diese unsensible, unmusikalische, selbstgerechte Stimme hart aus seiner inneren Harmonie gerissen.

Vor ihm stand Berta, wie immer in Jeans, eine Windjacke um die mageren Schultern. Die kurzen grauen Stoppelhaare standen wie Borsten von ihrem Kopf, und ihre Kieselaugen fixierten Julian in wilder Entschlossenheit.

Auch Willibald, ihr Mann, hastete jetzt in großen Schritten die Hangwiese hinauf.

Julian hatte Berta und Willibald bei einer Vernissage kennengelernt. Seitdem hefteten sie sich an seine Fersen wie Kletten, obwohl Julian ihnen keine besondere Sympathie entgegenbrachte. Er war nur ein höflicher Mensch, was den beiden voll und ganz genügte und sie in dem Glauben ließ, Julian sei hocherfreut über ihre Anhänglichkeit. Da sie sich beide für unfehlbar hielten, kamen sie nicht auf den Gedanken, ein anderer könnte sie nicht mögen.

»Du siehst verdammt gut erholt aus«, brüllte Berta mit ihrem lauten Organ und drückte Julian so fest die Hand, daß er sein Gesicht verzog. Mikki hielt sich auf Distanz im Gras. Nur seine spitzen Ohren ragten über die Gräser hinweg.

Im Gegensatz zu Bertas Händedruck war Willibalds schlaff und kraftlos. Berta hatte das Sagen, und Willibald war ein gehorsamer Jawollsager, von Kindheit an.

»Du lebst ja hier wie im Paradies«, murmelte der lange Willibald. »So gut möchte ich es auch einmal haben, mitten in der Woche faul in der Sonne herumzusitzen.«

»Na, ihr beide könnt euch über mangelnde Freizeit auch nicht beklagen«, konterte Julian mißgestimmt. »Als Lehrer habt ihr doch viel mehr Ferien als ein anderer Mensch.«

»Alle sehen immer nur unsere Ferien«, begann Berta zu zetern. »Dabei haben wir soviel zu tun, manchmal haben wir sogar eine Fünfzig-stundenwoche.« Sie musterte Julian mit einem giftigen Blick.

»Wenn ihr nicht so viele Nebentätigkeiten und Ehrenämter hättet, würdet ihr auch mehr Zeit für euch haben«, erwiderte Julian, dem dieser unerwartete Besuch den Tag verdarb.

Julian mochte es nicht, wenn mehr oder weniger gute Bekannte unangemeldet bei ihm aufkreuzten. Das war eine Unsitte, die viele Menschen gemeinsam hatten. Und Berta und Willibald Behrensen gehörten zu den weniger guten Bekannten, die Julian lieber von hinten sah.

Während sie gemeinsam ins Haus gingen, das von Berta abschätzend taxiert wurde, redete Berta ununterbrochen auf Julian ein.

»Willibald wurde in den Kirchenvorstand gewählt. Er bekam über zweihundert Stimmen. Außerdem ist er Vorsitzender des Gesangvereins, engagiert sich im Stadtrat und schreibt außerdem noch für die Zeitung die Nachrufe auf die Verstorbenen.«

Wenn ich eine Frau wie Berta hätte, würde ich wahrscheinlich auch die Ehrenämter und Nachrufe vorziehen, dachte Julian.

»Ich weiß, daß ihr beide ungeheuer tüchtig seid«, sagte Julian spöttisch. »Bei den vielen Ämtern muß Willibald ja kaum Zeit für seine Schulkinder haben.«

»Na, hör einmal«, fauchte Berta erbost. »Willibald ist ein exzellenter Lehrer, exzellent, sage ich dir.«

»Heiß hier.« Willibald wischte sich mit dem Taschentuch über sein Gesicht und machte sich unaufgefordert in Tante Kasimiras Sessel breit. Seine Stirnglatze glänzte. Er nahm seine Goldrandbrille ab und putzte sie ausgiebig.

Julian bot Schwarzwälder Schinken und ein »Kirschwasserle« an. Das brachte die beiden Besucher in friedliche Stimmung.

»Wie habt ihr mich denn gefunden?« wollte Julian wissen.

»Da du dich nicht ordnungsgemäß abgemeldet hattest, mußten wir Nachforschungen anstellen«, erwiderte Berta mit strengem Lehrerinnenblick. »Aber man hat ja so seine Beziehungen, und nun haben wir dich gefunden und sind hier.«

Ja, leider, dachte Julian. Erst eine Sekunde später erschrak er. Berta hatte diesen Satz so bestimmt gesagt.

»Was heißt das, ihr seid hier?« fragte er etwas aus der Fassung gebracht.

»Manchmal begreifst du wirklich etwas schwer«, sagte Berta und sah Willibald an, der an seinem Stück Schinken kaute. »Willibald und ich haben beschlossen, ein paar Tage Urlaub bei dir zu machen. Schließlich hast du ja das ganze Haus. Bei uns in Norddeutschland sind doch jetzt Herbstferien. Das heißt, wenn du nichts dagegen hast«, fügte sie anstandshalber hinzu.

Julian lehnte sich überwältigt in seinem Stuhl zurück. Aber bevor er gegen diesen Beschluß protestieren konnte und nach einer glaubhaften Ausrede suchte, sah er plötzlich, wie Willibald sich aus Tante Kasimiras Sessel erhob, den er aus Bequemlichkeit beim Essen beibehalten hatte, an den Tisch kam und sich vom Kirschwasser nachschenken wollte. Berta erstarrte.

»Deine dunkelblaue Hose«, keuchte sie entsetzt.

Willibald sah an seiner Hose herunter.

»Was ist denn damit?« fragte er erstaunt. »Ich sehe keinen einzigen Fleck.«

Berta holte tief Luft.

»Siehst du denn nichts?« fragte sie empört.

»Sie ist voller widerlicher Katzenhaare, besonders an deinem Hinterteil.«

»Da kann ich auch nichts sehen«, murmelte Willibald mit hoher Fistelstimme.

Trotzdem faßte er an sein Hinterteil und sah dann voll Abscheu, Ekel und Entsetzen auf seine schweißnasse Hand, an der Mickis unschuldige Katzenhaare klebten.

Und wie auf das Stichwort eines Souffleurs kam Micki in diesem tragischen Augenblick hoheitsvoll hereinstolziert, bedachte die Gäste mit keinem Blick und machte es sich in Tante Kasimiras Sessel bequem, den Willibald gerade verlassen hatte. Der Schluck aus der Kirschwasserflasche war Willibald schlagartig vergangen.

Micki begann behaglich zu schnurren.

»Du hast eine Katze«, stellte Berta streng fest. »Warum hast du das nicht gleich gesagt?«

Julian sah Berta verständnislos an.

»Warum sollte ich euch sagen, daß ich eine Katze habe. Habt ihr etwas gegen diese *anschmiegsamen* Tiere?«

Er ging demonstrativ zu Micki, nahm ihn auf den Arm und drückte ihm einen festen Kuß zwischen die Ohren.

»Pfui, Teufel«, stöhnte Willibald angewidert und wandte sich an Berta. »Unter diesen Umständen müssen wir gleich gehen.«

Julian frohlockte innerlich.

»Wieso müßt ihr gleich gehen, weil ich eine Katze habe?« wollte er wissen.

»Das fragst du noch?« Berta warf Julian einen geradezu beleidigenden Blick zu, während sie versuchte, mit ihrem Taschentuch die Katzenhaare von Willibald zu entfernen. »Weil wir beide allergisch gegen Katzenhaare sind, und bei dir scheint es ja geradezu von Katzenhaaren zu wimmeln.« Hektisch suchte sie ihre Jeans nach Katzenhaaren ab, fand auch einige und verzog schmerzlich das Gesicht. »Wo kann man sich hier die Hände waschen?«

Julian zeigte es ihr. Bertas Taschentuch landete im Müll.

Auf einmal hatten es beide eilig, wegzukommen.

»Schade, du hast uns den ganzen Urlaub verdorben«, sagte Berta beim Abschied zu Julian. »Dein Haus entspricht zwar nicht unseren Vorstellungen von Komfort, aber für ein paar Tage hätten wir es schon ausgehalten. Julian, sei nicht traurig, aber siehst du, sogar auf Willibalds Hemd sind Katzenhaare.«

»Dann müssen wir eben zu den Wendlands nach Tirol fahren«, sagte Berta zu Willibald.

Sie stiegen in ihr Auto, winkten Julian noch einmal kurz zu und waren wenig später in der nächsten Kurve verschwunden.

Julian ging lächelnd ins Haus.

»Das hast du fein gemacht, du alter Wiesenmauser, du«, sagte er zärtlich zu Micki. »Diese ungebetenen Gäste sind wir los. Gut, daß du dein Winterfell bekommst und ich die Katzendecke in deinem Sessel noch nicht ausgeschüttelt hatte. Die beiden werden wir hoffentlich so schnell nicht wiedersehen. Sie wollten sich bei uns einnisten, was meinst du dazu?«

Micki blickte Julian aus großen, verständnisvollen Augen an und schnurrte zustimmend.

Julian setzte sich zu Micki in den Sessel und nahm ihn auf den Schoß. Sie hielten beide ein langes, inniges, stummes Zwiegespräch, und die violetten Dahlien in der Vase auf dem Fenstersims dufteten dazu.

Micki und Julians
Lebensphilosophie

Der zweite Winter im Hanghaus brach für Julian an. Julian hatte Feuer im großen Kamin im Wohnzimmer gemacht, das eine behagliche Wärme ausstrahlte. Die Nachtschatten begannen schon ihre Spuren auf der verschneiten Wiese zu hinterlassen.

Micki schnurrte in Julians Schoß, hatte die Augen fest geschlossen und nur hin und wieder eine zarte Bewegung seines linken Ohrs ließ darauf schließen, daß er Julian zuhörte, der laut philosophierte.

Manchmal lief ein leises, wohliges Zittern durch Mickis Fell, das jetzt dicht und warm war.

Noch vor einer Stunde hatte Micki mit seinen Samtpfoten abstrakte graphische Gemälde in den Schnee auf der Hangwiese gemalt, die jetzt in der Dezemberdämmerung verschwammen.

Der zweite Winter, den Julian und Micki gemeinsam erlebten, war über Nacht gekommen. Auf einmal hatte die Wiese weißverschneit dagelegen und im frühen Morgenlicht aus tausend

Punkten geglitzert. Julian konnte sich nicht satt daran sehen.

Im rotflimmernden Kamin duftete das Buchenholz, das Julian für den Winter gespalten hatte und im Schuppen verwahrte. Er schaute den Flammen zu, die aufloderten und verloschen und ihn zu tiefsinnigen Gedanken anregten.

»Weißt du, du alter Wiesenmauser, du, ich gehe nun in Riesenschritten auf die Vierzig zu«, sagte Julian zu Micki, »da sollte man wissen, wie man mit dem Leben umzugehen hat, beziehungsweise das Leben mit uns, zumindest sollte man um die wirklich wichtigen und positiven Dinge wissen, die dem Leben einen Sinn geben.«

Micki bewegte zustimmend sein sensibles linkes Ohr.

»Dank Tante Kasimira besitzen wir nun ein Haus«, fuhr Julian fort. »Ich habe kein Auto, kein dickes Bankkonto, keine Maßanzüge, keine Wertpapiere wie viele andere in dieser Straße. Aber ich habe mein Auskommen mit den Malstunden, die ich privat und in der Freien Waldorfschule in der Kreisstadt gebe. Und die Ausstellungen hin und wieder bringen auch etwas ein. Ich kann mir keine großen Reisen erlauben, und trotzdem bin ich reich. Verstehst du das, Micki?«

Das Holz im Kamin knarrte und flüsterte, die

Dunkelheit zog die Fenster zu, Micki schnu[r] verhalten und ausdauernd.

»Ich habe nie nach großem materiellen Besitz gestrebt, denn am Ende des Lebens zählt das nicht. Da zählt vielleicht nur, welche Spuren wir auf Erden hinterlassen haben bei unseren Mitmenschen und allen Geschöpfen, mit denen wir eine gemeinsame Zeit hatten.«

Julian schaute sinnend vor sich hin.

»Wir beide sind trotzdem reich«, fuhr er fort. »Reich an Zeit, reich an Freude an den kleinen Dingen, die andere vielleicht nicht mehr sehen, weil man nur mit dem Herzen gut sieht, wie ein großer Dichter gesagt hat.

Ist es nicht schön, den Kaminflammen zuzusehen, die Winterwiese mit deinen Katzenpfoten zu bemalen, die Blumen im Frühling wachsen zu sehen und die Äpfel im Herbst zu ernten, die jetzt aus der Schale auf dem Tisch duften. Ein gutes Glas Wein, ein Stück Wurst mit Brot sind ebenfalls nicht zu verachten.

Siehst du, Micki, manche Menschen durchreisen die Welt und sehen doch nichts. Manche hören die Stille nicht mehr, die in den tiefen Wäldern zu Hause ist. Meinst du nicht auch, Micki, daß wir beide zu beneiden sind um unsere innere Zufriedenheit und Dankbarkeit?«

Micki öffnete die Augen, gähnte, streckte seine Pfoten und streichelte Julians Knie.

»Lebe nie gegen deine innere Harmonie«, hatte seine Großmutter einst zu ihm gesagt. »Versuche, im Leben herauszufinden, was deine Bestimmung ist.«

Julians Bestimmung war es zu malen. Nichts anderes wollte er.

Julian stand auf, legte ein Holzscheit nach, während Micki einen schönen hohen Buckel machte, wie ihn eben nur Micki machen konnte, und Julian zu verstehen gab, daß es Zeit für eine zünftige Vesper war.

»Genug der Philosophie«, sagte Julian zu Mikki.

Er machte eine Dose mit Krabben auf, die Mikki besonders mochte. Micki machte sich darüber mit Heißhunger her.

Für sich selbst schnitt Julian Brot, nahm ein Stück Hartwurst aus dem Küchenregal und schenkte sich ein Glas Wein ein.

»Wir beide, Micki, wir haben es gut«, sagte Julian und prostete Micki zu, der kurz seinen Kopf hob und dann weiterfraß.

Wie schön war das Leben für Julian und Mikki, dieses im Grunde unfaßbare und unhaltbare Etwas aus Tiefe und Zeit, in das Julian und Micki mit Intensität hineintauchten und das sich ihnen in seltenen Augenblicken auftat wie eine gläserne Tür, durch die sie beide gingen.

Micki und der Mann »vom Papier«

Es war Frühling geworden. Auf der Hangwiese blühten Löwenzahn, Glockenblumen, Klee, Wiesenschaumkraut, Narzissen und hauchfeine Ziergräser, durch die Micki vorsichtig schritt, um die Pflanzen in ihrem stillen Wachsen nicht zu stören.

An diesem hellen Frühlingsmorgen fuhr ein Auto vor und hielt vor dem Holzhaus.

Ein Mann in Arbeitskleidung stieg aus, öffnete den Kofferraum und entnahm ihm einen Armvoll Papier, das er zum Haus trug.

Micki hörte das Papier rascheln und folgte dem Mann voll wachem Interesse.

Der Mann klingelte an der Haustür. Julian öffnete und blickte etwas irritiert auf den Fünfzigjährigen, der jetzt breit lächelte.

»Kennen Sie mich nicht mehr?« fragte er Julian. »Ich bin der Mann vom Papier. Sie wissen schon, Waldgasthaus, Stammtisch. Ich hatte Ihnen doch versprochen, Ausschußpapier aus der Papierfabrik, in der ich arbeite, für Sie zu besorgen, für Ihre Malerei, weil Papier doch so teuer ist.« Erwartungsvoll sah er Julian an.

Jetzt dämmerte es Julian. Er hatte den Mann eines Tages im Herbst bei einer seiner Wanderungen im Waldgasthaus kennengelernt, wo Julian Rast gemacht hatte. Sie waren ins Gespräch gekommen. Aber Julian konnte sich beim besten Willen nicht an den Namen des Mannes erinnern.

»Kommen Sie bitte herein«, sagte Julian erfreut. »Das ist aber außerordentlich freundlich von Ihnen.«

»Nicht der Rede wert«, erwiderte der Mann und knallte den Packen Papier auf den Tisch im Hausflur. Das Papier wog gut und gerne zehn Pfund.

»Herr ähhh, ähhh«, begann Julian etwas hilflos.

»Oskar ist mein Name«, sagte der Papierarbeiter, der mit seinen breiten Schultern, dem viereckigen Kopf und dem breiten Grinsen wie Meister Proper aussah.

Während Julian und der Besucher ins Wohnzimmer gingen, sprang Micki auf den Papierstapel und beschnupperte ihn eingehend. Er roch etwas fade, eben nach Papier, das erst zum Leben erweckt wurde, wenn sein Menschkater es bemalte.

Micki strich mit der rechten Vorderpfote über die einzelnen Blätter. Es raschelte wunderbar. Das machte Spaß. Papiergeflüster und Geraschel mochte Micki. Micki geriet in Eifer. Er fuhr seine Krallen aus, es ratschte und knisterte, knautschte und zeterte. Jetzt war Micki in seinem Element. Schon lange hatte er keine so schöne Abwechslung gehabt. Micki produzierte Schnipsel und lange Streifen, Knäuel und Kugeln, denen er vom Tisch auf den Flurboden nachjagte.

Mit einem Sprung schmiß er sich auf ein großes Blatt Papier, zerfledderte es fachmännisch, daß die Schnipsel nur so flogen wie die Federn im Märchen von Frau Holle. Bald waren Tisch und Flurboden mit Papierschnipseln übersät.

Micki arbeitete, als erhalte er Rekordlohn. Er gönnte sich keine Pause. Erst, als der größte Teil des Papiers wie ein Schnipselteppich auf dem Boden lag, war Micki zufrieden. Er hatte ein hübsches Happening veranstaltet. Der Flur war mit lauter schönen Papierschneeflocken übersät.

Sein Menschkater würde sich freuen.

Ein paar Schnipsel trug Micki im Schnäuzchen nach draußen. Er wollte sie der Federweißen zeigen, die unter ihrem Lieblingsbaum auf ihn wartete. Leise schlich Micki davon.

Währenddessen saßen Oskar und Julian gemütlich beisammen. Der Mann vom Papier hatte seinen freien Tag und somit Zeit. Er trank Bier und dazu einen Topinambur, einen Kartoffelschnaps, der für Julians Geschmack genauso scheußlich schmeckte wie er roch, auf den jedoch die Bergbauern schworen. Er sei gesund, behaupteten sie. Der Ansicht war auch Oskar. Er hatte bereits den vierten Topinambur hinter die Binde gegossen, während Julian Wein trank. Wein mochte der Mann vom Papier nicht besonders. Er zog die hochprozentigen Sachen vor. Da er »gleich um die Ecke« wohnte, war es für ihn kein Problem, mit dem Auto nach Hause zu fahren.

Den Topinambur hatte Julian nur für einheimische Gäste parat. Oskar putzte das Getränk weg wie nichts. Der Kartoffelschnaps machte ihn redselig.

»Ehrlich, ich bewundere Sie«, sagte er jetzt zu Julian. »Wie Sie so ohne ein anständiges Gehalt leben können, praktisch von der Hand in den Mund.«

»Nun, ja«, begann Julian. »Ich lebe von einem kleinen Fixum, das mir die Freie Waldorfschule zahlt und von meinen festen Malschülern. Hin und wieder verkaufe ich auch ein Bild.«

»Wäre nichts für mich«, entgegnete Oskar und nahm einen kräftigen Schluck aus dem Schnapsglas. »Vater muß wissen, was er am Ende des Monats in der Tasche hat. Seit meinem vierzehnten Lebensjahr arbeite ich in der Papierfabrik. Keine schlechte Arbeit.«

Als er schließlich ging, bedankte sich Julian überschwenglich bei Oskar für das schöne Papier. »Ich werde es gleich bemalen«, sagte er.

Im Flur bot sich ihnen ein ungewohntes Bild. Beide starrten auf den Schnipselteppich, auf das Durcheinander auf dem Tisch, auf die Streifen und Schnipsel, die einmal schöne große Papierbogen gewesen waren.

»Mann, o Mann«, sagte Oskar. »Hier haben ja die Vandalen gehaust.«

»Nicht die Vandalen«, erwiderte Julian betrübt. »Das war Micki. Das schöne Papier«, bedauerte er.

»Welcher Micki?« fragte Oskar.

»Micki ist mein Kater. Und wie ich sehe, haben Sie ihm mit dem Papier eine Riesenfreude bereitet.« Julian hatte seinen Humor wiedergefunden. »Micki liebt Papier. Er konnte einfach nicht widerstehen.«

»Macht nichts«, sagte Oskar. »Ich bringe Ihnen wieder neues Papier, soviel Sie möchten, es kostet ja nichts.«

Julian bedankte sich noch einmal bei seinem unverhofften Papierlieferanten und beschloß, das nächstemal besser auf das kostbare Malpapier aufzupassen, damit es Micki nicht wieder unter die Krallen kam. Gleich morgen wollte Julian Nachschub-Topinambur für Oskar besorgen, denn die Flasche war fast leer.

Julian winkte Oskar nach, der nach einem rasanten Start um die Ecke fegte.

»Micki, Mickii!« Wo steckte der Papierreißwolf?

Micki hatte jetzt keine Zeit für Julian. Er saß neben der Federweißen und schmuste mit ihr. Da mußte Julian eben warten. Das würde sein Menschkater verstehen. Die Federweiße spielte anmutig mit den Schnipseln im Gras, die Micki ihr gebracht hatte.

Julian ging ins Haus zurück und fegte die Papierschnipsel zusammen, warf sie in den Müll. Es war ein dicker Haufen, der da zusammengekommen war, und Julian dachte daran, wie viele Bilder er auf dem Papier hätte malen können. Aber es würde ja Nachschub geben.

Das Papier von heute war im wahrsten Sinne des Wortes Schnee von gestern geworden.

Micki und die fremde Frau

*D*as verhaßte rote Auto stand wieder vor dem Haus. Die Langmähnige hatte ihre Malstunde bei Julian. Ihr lautes Lachen drang aus dem offenen Atelierfenster bis zu Micki, der im Gras saß und sich ein wenig langweilte, zumal die Federweiße sich nicht blicken ließ.

Er hatte sie einige Male gerufen, aber vergebens. Sein Menschkater war mit der Blonden beschäftigt. Micki war ein wenig eifersüchtig und hätte gern eine Streichelhand auf seinem warmen Fell gespürt. Er zupfte an ein paar Gräsern herum, jagte kurz eine Grille, erwischte sie, patschte mit seiner Pfote darauf und aß sie schließlich auf. Sie schmeckte nach nichts. So etwas Dürres, Spirrliges war höchstens etwas für Vegetarier, die nach dem aussahen, was sie aßen.

»Tack, tack tack tack«. Etwas klang die Straße entlang. Micki veränderte nicht seine ganze Haltung, obwohl er neugierig war. Er drehte nur seinen Kopf über die linke Schulter und blickte in die »Tack-Richtung«, was ungeheuer hochmütig aussah.

Die Straße entlang kam eine zierliche Frau in hochhackigen weißen Schuhen. Sie war klein, so daß Micki sich nicht den Hals verrenken mußte, um an ihr emporzuschauen. Micki spürte es gleich. Sie ging nicht so wie die anderen in dieser Straße, die Micki kannte.

Die junge Frau schritt, leichtfüßig und elegant. Mickis Herz flatterte vor Erregung. Es war ein Katzenschritt, eben nur menschlich. Es sah fast so aus, als würde sie ein paar Zentimeter über dem Boden schweben.

Die Frau trug eine weiße Jacke und ein blaues Kleid, hatte glatte, halblange Haare und einen Pony in der Stirn. Ihr Gesicht war klar und fein mit schönen grauen Augen.

Sie blickte zur Hangwiese, in der Micki hockte und schien genauso wie er die Wiesenblumen zu bewundern. Sie blickte nicht auf die Straße, sondern schaute in die Wiese hinein, als wolle sie ihr Wesen erforschen.

Micki verhielt sich still. Seine Ohren ragten über die Gräser, bewegungslos.

Die Frau wechselte jetzt die Straßenseite und kam dicht an den Wiesenhang heran. Als sie Mickis Blätterohren über den Gräsern sah, blieb sie stehen. Micki richtete sich auf und blickte die Frau an.

Die Frau blickte zärtlich zurück. Diesen Eindruck hatte Micki, er spürte mit seinen feinen

Sensoren die Schwingungen, die von dieser Fremden ausgingen.

Leise, auf Zehenspitzen, kam die Frau auf Micki zu. Micki sah sie mit seinen schönen grünen Smaragdaugen an.

»Du bist aber eine Schöne«, sagte die Frau mit leiser, wohlklingender Stimme, streckte vorsichtig die Hand nach Micki aus und strich unendlich zart über sein Fell. Ein Zittern lief durch Mickis Körper. Er duckte sich ins Gras, aber als die zärtliche Frauenhand weiter über seinen Rücken strich, ganz sacht, ganz schwerelos, fühlte Micki auf einmal ein großes, wohliges Gefühl.

Es war nicht Mickis Art, schnell Straßenbekanntschaften zu schließen. Aber diese hier war etwas ganz anderes. Das spürte er. Während die Frau immer noch leise auf ihn einsprach, glitt Micki zurück in eine ferne Zeit, als er noch ein Katzenbaby war, geliebt von seiner Mutter, die ihn mit ihrer Zunge auch so zart gestreichelt hatte. Beinahe genauso war das jetzt mit dieser fremden Frau, die Micki gar nicht fremd vorkam.

Er dachte an seine Kinderstube mit seinen Geschwistern und rollte sich wie von selbst auf die Seite, schloß die Augen und begann zu schnurren. Dann glitt er auf den Rücken, so daß die Frau seine schneeweiße Bauchseite sehen konnte. »Siehst du, ich vertraue dir voll und ganz, und ich mag dich«, hieß das in Mickis Sprache.

Das rief das Entzücken der Frau hervor, die ihn verstand. Sie streichelte und streichelte, Micki schnurrte und schnurrte. Sie hatte sich tief zu ihm heruntergebeugt und flüsterte nun zärtliche Worte in Mickis Ohr. Es war zum Katzensteinerweichen schön.

Als sie sich endlich von Micki losriß, um weiterzugehen, stand Micki ebenfalls auf, strich um ihre Beine, um ihr noch einmal seine Freundschaft zu zeigen und blickte zu ihr hoch. Was hielt ihn davon ab, einfach ein paar Schritte mit ihr zu gehen, obwohl sie ihn für eine Katzendame hielt? Micki, der von Natur aus neugierig war, wollte schließlich wissen, wohin seine neue Freundin ging.

Er begleitete sie zwei Häuser weiter, während die Frau immer wieder stehenblieb, sich zu Micki herunterbeugte und ihn zärtlich streichelte. Micki war stolz auf sich selbst. Er konnte nicht nur der Federweißen, sondern auch einer Menschin mit weißen Schuhpfoten imponieren.

Auf der Terrasse vor dem Haus, in dem Frau Hildebrandt wohnte, blieb die Frau stehen.

»Auf Wiedersehen«, sagte die Frau zu Micki. »Es war mir eine Ehre, dich kennenzulernen.« Micki schnurrte ihr zu. »Ich hoffe, dich wirklich bald wiederzusehen«, fuhr sie fort.

»Miau«, erwiderte Micki artig. »Ebenfalls.«

Als die Frau in dem Haus von Frau Hildebrandt verschwunden war, ging Micki langsam wieder zurück, nachdem er noch ein bißchen auf der fremden Terrasse getrödelt hatte. Ein Reisigbesen, der unter der Efeuwand lehnte, duftete verführerisch nach Holz. Micki schmuste ein wenig mit ihm, bevor er sich endgültig davonmachte.

»Micki, Mickii!« Sein Menschkater rief nach ihm.

Micki drehte sich noch einmal um. Auf der Terrasse stand seine Freundin. »Micki« sagte sie laut. »Du heißt also Micki.«

Micki, hin- und hergerissen, zu wem er gehen sollte, zu seinem Menschkater oder zu der Weißschuhpfotendame, blieb mitten auf der Fahrbahn unschlüssig stehen, um zu überlegen.

Der Hund von Herrn Anfang fand das nicht in Ordnung und fing laut zu bellen an. Das Bellen trieb Micki in die Flucht. Die Feindschaft zu Herrn Anfangs Hund war abgrundtief.

Micki fegte über die Hangwiese, war im Nu durch die Katzenschleuse im Haus verschwunden und schlich nun zu Julian hin, der auf ihn wartete.

Zum Glück war das rote Auto nicht mehr da. Während er bei Frau Hildebrandt auf der Terrasse mit dem Reisigbesen geschmust hatte, mußte es davongefahren sein.

»RRRR, RRRR«. Micki schnurrte behaglich mit großen Rs, als Julian ihn auf den Arm nahm. Am liebsten hätte Micki ihm nun von der fremden Frau erzählt, deren Streicheln ihn an seine Katzenmutter erinnert hatte. Daß sie ihn für eine Frau gehalten hatte, würde er ihr verzeihen. Es war nun einmal eine Macke von ihm, sich wie eine Katzenfrau am Boden zu rollen, wenn er ausgelassen und glücklich war.

»Du genießt das Leben heute, du alter Wiesenmauser, du?« fragte sein Menschkater, der als Künstler ebenfalls feine Katzensensoren besaß. »Ich weiß, ich weiß.«

Micki wußte, daß sie sich auch ohne gemeinsame Sprache verstanden. Sie brauchten kein Esperanto. Sie hatten ihre gemeinsame Wellenlänge, die ihr Leben verband wie mit unsichtbaren Fäden, die nur sie beide kannten.

Micki fährt zu einer Vernissage

Die Einladung kam auf handgeschöpftem Papier im Großkuvertformat. »Herrn Julian Jordan, Kunstmaler, Rebweg 1, Seidelbach«, war auf dem Umschlag zu lesen.

Julian öffnete den Brief, der von der Galerie Link aus Stuttgart kam, die ihn zu einer Gemeinschaftsausstellung einlud. »Professor Schreiber hat Sie empfohlen«, war weiter zu lesen. Bei Professor Schreiber hatte Julian studiert. Er dachte voll Dankbarkeit an ihn.

Reise- und Versandkosten der Gemälde wurden erstattet, hieß es weiter in dem Schreiben. Für die Künstler bestand die Möglichkeit zum Verkauf ihrer Bilder. Die Übernachtungskosten wurden ebenfalls gezahlt. Julian möchte doch bitte einige Fotos seiner Bilder schicken, die er ausstellen wollte, damit man sie in den Katalog aufnehmen könne.

Julian schaute nachdenklich auf die Einladung.

Solange Julian in diesem Haus lebte, war er keine einzige Nacht von Micki getrennt gewesen. Und nun würde er mindestens drei Tage fort sein, wenn er an der Vernissage teilnahm. Die Vorbereitungen gehörten ja auch dazu. Wie würde Micki das aufnehmen? Würde er am Ende weglaufen, um nach Julian zu suchen oder vor Heimweh nach ihm sterben? Wer sollte nach ihm sehen und ihn füttern? Julian hatte zu keinem Menschen in dieser Straße engeren Kontakt. Über einen Gruß und einige belanglose Worte gingen die Kontakte nicht hinaus. Und ein Tierheim kam für Micki nicht in Frage. Er war ein ausgesprochener Individualist, der keine Massentierhaltung ertragen konnte, wenn sie auch noch so gut und liebevoll gemeint war.

Julian hatte es auch nie in der Masse lange ausgehalten. Deshalb verstand er Micki sehr gut.

»Ich kann dich nicht allein lassen«, sagte Julian zu Micki, der ihn aufmerksam beobachtete. Jetzt machte er sich über den Briefumschlag aus handgeschöpftem Bütten her und zerkleinerte ihn fachgerecht. Das machte beinahe soviel Spaß wie Telefonschnurkauen oder Klorollenlaufenlassen.

»Unter Heimkindern hältst du es nicht aus«, sagte Julian zu Micki. »Es gibt nur eine Möglichkeit. Ich muß dich mitnehmen.«

Die Ausstellung Badenwürttembergischer Künstler konnte Julian auf keinen Fall ausschlagen, bot sie ihm doch Gelegenheit, im »Ländle«

bekannt zu werden. In Gedanken ging Julian bereits die Bilder durch, die er präsentieren wollte und von denen er sich eventuell trennen konnte. Es gab einige Bilder, von denen Julian sich nicht trennen würde, weil sie für ihn allein wichtig waren.

»Was hältst du von einem Katzenreisekorb?« fragte er Micki, der jetzt den zerfledderten Briefumschlag mit der Pfote in die Ecke der Küche fegte. Micki sah ihn interessiert an.

»Also, du bist einverstanden«, erwiderte Julian. »Du kommst mit zur Vernissage.«

»Miau«, sagte Micki zustimmend.

Damit war das Thema für Julian vorerst erledigt.

Julian wußte, daß Tante Kasimira auf dem Dachboden einen Katzenkorb stehen hatte, den sie in den letzten Jahren nicht mehr benutzt hatte, weil sie nicht mehr verreist waren.

Micki schlich hinter Julian her auf den Dachboden, wo es so schön nach Staub, altem Gerümpel und Mäusedreck roch, und Micki nahm sich vor, demnächst einmal wieder auf dem Dachboden zu jagen. Er brauchte nur über den Holzverandabalkon vor Julians Atelier zu klettern, die Regenrinne entlang auf das Dach und durch das meist geöffnete Dachfenster springen. Schon war er auf dem Dachboden. Eine Kleinigkeit für seine Kletterkünste.

Julian kramte den verstaubten Katzenkorb hinter einem alten Schrankkoffer hervor, machte ihn ordentlich sauber, legte Mickis Lieblingsdecke hinein und forderte Micki auf, einmal sein Transportmittel auszuprobieren.

Micki kam skeptisch näher. In so einem Ding war er noch nicht gewesen. Den Korb hatte Tante Kasimira für Mickis Vorgänger benutzt.

Micki schnupperte ausgiebig an dem Vehikel und wandte sich dann erst einmal desinteressiert ab. Sollte er in dieses enge Etwas? Da bekam er ja seine Katzenklaustrophobie.

»Komm, komm«, lockte Julian. »Micki, probiere es doch wenigstens einmal aus. Wenn du mitfahren willst, mußt du in diese Sänfte. Ich bin doch bei dir.«

Micki ließ sich nicht überreden.

Julian mußte einen Trick anwenden. Er holte ein Stück gebratene Leber und legte sie auf Pergamentpapier in den Reisekorb.

Micki roch die Leber, setzte vorsichtig Pfote für Pfote in Richtung Korb, streckte seinen Kopf hinein. Julian schubste leicht Mickis Hinterteil nach. Micki ließ ein empörtes »Miau« hören, das beinahe wie ein Fauchen klang und hieb Julian vor Wut eine Kralle über seinen Handrücken. Das hatte Micki noch nie getan.

In Windeseile schnappte er nach der Leber und zischte davon.

»Micki, Micki«, Julian betrachtete den Kratzer auf seiner Hand und schüttelte den Kopf. »Laß mich jetzt nicht im Stich«, bat er. »Du kannst mich doch nicht in meiner künstlerischen Freiheit hemmen, nur weil du nicht in den Reisekorb willst. Deinetwegen kann ich doch nicht die Vernissage sausen lassen.«

Erst jetzt fiel Julian ein, daß Micki vielleicht anderer Meinung sein könnte und es so betrachtete, daß Julian ihm seine Freiheit mit diesem Vehikel beschneiden wollte.

Julian überlegte einen Augenblick, während Micki wieder zur Tür hereinkam, sich mit der Zunge über das Mäulchen fuhr und sich ausgiebig zu waschen begann. Aus den Augenwinkeln betrachtete er argwöhnisch Julian.

Julian ging ins Wohnzimmer zum Telefon und wählte die Nummer des Tierarztes Dr. Groß. Er schilderte ihm den Fall.

»Geben Sie Ihrem Kater ein leichtes Beruhigungsmittel«, riet er. »In der Regel vertragen das Katzen auf Reisen sehr gut und verhalten sich still.«

Der kerngesunde Micki hatte außer den nötigen Impfungen bisher noch keinen Arzt gebraucht, seitdem er mit Julian zusammen war. Julian wollte das Mittel bei Dr. Groß morgen abholen und bedankte sich für den Ratschlag.

So müßte es gehen. Wenn dieser eigenwillige

Kater nicht freiwillig in den Reisekorb ging, mußte eben nachgeholfen werden.

Am Tag der Abreise gab Julian Micki das Beruhigungsmittel und redete ihm gut zu.

Micki nickte ein. Julian hob ihn sanft in den Katzenreisekorb auf seine Decke. Micki blinzelte nur müde und ließ alles über sich ergehen. Eingerollt schlief Micki im Katzenkorb weiter.

Es war ein schöner Vorsommertag. Mit Reisetasche und Katzenkorb machte sich Julian auf den Weg zum Bahnhof. Mit dem »Bähnle« fuhr er in die Kreisstadt und von dort mit dem Intercity nach Stuttgart.

Bis Karlsruhe ging alles gut, und Micki schlief tief und fest in dem Erste-Klasse-Abteil, in dem Julian und er die einzigen Fahrgäste waren. Mikki brauchte kein Fahrgeld bei der Deutschen Bundesbahn zu zahlen, nur für Wildkatzen, die man offenbar für gefährliche Tiere hielt, mußte ein Bahnobolus entrichtet werden.

Nachdem sich der Zug in Karlsruhe in Bewegung gesetzt hatte, erwachte Micki, gähnte, versuchte sich zu strecken und stieß an Korbstäbe. Plötzlich war er hellwach, richtete sich bitterböse auf, so gut das in dem engen Gefängnis ging und hieb dann in rasendem Trommelwirbel seine Pfoten gegen die Stäbe, daß der Schlagzeuger in Ravels Bolero vor Neid erblaßt wäre.

Dabei gab Micki miauende Klagelaute von

sich, als seien sämtliche Hunde von der Sorte Herrn Anfangs hinter ihm her. Bitterböse sah er seinen Menschkater an. Wie konnte er es wagen, ihn ohne seine Erlaubnis hier einzusperren?

Julian blieb nichts anderes übrig, als Micki aus dem Reisekorb zu befreien, vorher versicherte er sich jedoch, ob die Abteiltür und das Fenster fest verschlossen waren.

Micki sprang erleichtert auf Julians Schoß. Julian streichelte ihn und gab ihm ein Stück Katzenschokolade, die Micki nur ganz selten bekam, aber auch nicht weiter vermißte.

Micki kaute lustlos auf dem Stück herum. Aber so war er wenigstens beschäftigt.

Nachdem er das Stück gefressen hatte, setzte er sich auf das ausgezogene Fenstertischchen und schaute interessiert aus dem fahrenden Zug, an dem die Landschaft wie ein Fernsehbild vorbeiflog.

Eine Weile faszinierte das Micki. Dann rollte er sich wieder auf Julians Schoß zusammen, bekam seinen fernöstlichen Blick und verfiel ins Dösen. Plötzlich merkte Julian, daß Micki im Rhythmus des Zuges synchron mitschnurrte.

In Stuttgart angekommen, ließ er sich zu Julians Erstaunen widerstandslos in den Reisekorb setzen und ins Taxi verfrachten.

Die Galerie Link hatte für Julian in einem

Vier-Sterne-Hotel ein Zimmer reservieren lassen.

Als er jetzt mit dem Katzenkorb in der linken Hand ankam, erstarrte die gepflegte Dame an der Rezeption.

»Tiere sind bei uns nicht erwünscht«, sagte sie steif und sah Julian an, als hätte er ein Verbrechen begangen. »Schon gar nicht Katzen.«

Julian, der in seinem modernen grauen Anzug mit dem blauen Seidenhemd, den dunklen Locken und den leuchtenden Augen sehr gut aussah, versuchte, seinen Charme spielen zu lassen.

»Könnten Sie nicht einmal eine Ausnahme machen?« fragte er liebenswürdig. »Meine Katze ist absolut stubenrein.«

»Bedaure«, erwiderte die Superblonde, die wie eine sterile Barbiepuppe aussah. »So etwas geht bei uns nicht. Wir haben schließlich einen Ruf.«

Julian wandte sich zum Gehen.

»Micki, du schadest dem Ruf dieses vornehmen Hauses«, sagte er zu Micki. »Man hat dich soeben zur ›Persona non grata‹ erklärt. Hier haben wir beide nichts verloren.« Damit machte Julian auf dem Absatz kehrt und ging durch die Glastür hinaus. Die Blonde sah ihm unbewegt nach. Aus der Telefonzelle an der Ecke rief Julian Herrn Link an und schilderte den Vorfall.

»Kein Problem, mein Freund«, sagte Herr

Link mit sonorer Stimme. »Wenn ich gewußt hätte, daß Sie mit einer Katze kommen, hätte ich nicht für Sie im ›Excelsior‹ reserviert. Meine Frau und ich sind große Katzenfreunde, wir haben selbst vier Katzen. Da schlafen Sie eben mit Ihrem Micki bei uns im Gästezimmer.«

So zogen Micki und Julian ins Gästezimmer des Galeriebesitzers ein. Es war ein Haus, das in einem etwas verwilderten Garten mit schönen alten Bäumen lag. Julian und Micki wurden überaus herzlich aufgenommen.

Julian packte die Katzentoilette, Eß- und Trinknapf, Futter und Mickis Spielsachen aus, und so richteten sie sich ein.

Micki lernte kurz die Katzengeschwister Dali, Picasso, Toulouse-Lautrec und Tizian kennen, die alle aus einem Wurf stammten und im Äußeren wie in ihrem Temperament so unterschiedlich wie die Maler waren, deren Namen sie trugen.

Micki benahm sich außerordentlich kultiviert in diesem gepflegten Hause.

Herr Link hatte Julian sogar erlaubt, Micki auf die Vernissage mitzunehmen. Julians Bilder waren gut placiert und erregten die Aufmerksamkeit so manchen Kunstliebhabers. Viele Gäste glaubten an einen gelungenen Gag, als sie Julian mit Micki im Arm im Gewühl der anderen Künstler und Besucher sahen.

»Nein, wie reizend, was für eine originelle Idee für ein Happening«, rief eine nicht mehr junge Dame entzückt aus.

»Künstler mit Katze«, sagte ein Mann lächelnd zu Julian.

Kein Zweifel, Micki stahl den anderen Künstlern die Schau, denn durch Micki wurden die Kunstinteressierten auch auf Julian aufmerksam.

»Das nächste Mal bringe ich meine Schneeeule mit«, sagte eine junge Malerin giftig zu Julian, die selbst mit ihren starken Brillengläsern wie eine Eule aussah und deren Bilder aus schwarzen wirren Strichen bestanden.

Julian lächelte sie liebenswürdig an und wollte zu einer Erklärung ansetzen. Aber die Malerin wandte sich brüsk ab und murmelte noch etwas von unlauterem Wettbewerb.

Ich stehe hier nicht zum Vergnügen mit Micki im Arm, dachte Julian. Ich mußte ihn unbedingt mitnehmen, weil er in ungewohnter Umgebung ohne mich den großen Katzenjammer bekommt und das Katzentheater veranstaltet. Schließlich ist Micki keine verhätschelte Hauskatze, sondern ein gestandener Wiesenmauser, der zur Not in freier Wildbahn überleben könnte.

Am übernächsten Tag fanden sich Julian und Micki im Feuilletonteil der größten Tageszeitung wieder. Julian stand mit Micki im Arm vor seinem Bild »Mitternachtsblues«. Die Überschrift lautete: Künstler kam mit Katze.

Das hatte zur Folge, daß Julian Jordan drei seiner Gemälde zu anständigen Preisen verkaufen konnte.

Die Rückreise verlief reibungslos. Micki schien die Angst vor den Gitterstäben überwunden zu haben. Er hatte die Erfahrung gemacht, daß er immer wieder aus dem Gefängnis entlassen wurde.

Wieder zu Hause, sagte Julian zu Micki: »Du hast mir zu einem unbeabsichtigten Werbegag verholfen, nur weil du nicht allein bleiben wolltest, du alter Wiesenmauser, du.«

Dann machten sie sich ein Festessen. Ermüdet von der ungewohnten Reise und den neuen Eindrücken schlief Micki schließlich auf einer Ausgabe der Zeitung ein, die Pfoten in den Feuilletonteil gekrallt. Er schlief so tief, daß er nicht das leise Rufen der Federweißen hörte, die ihn vermißt hatte und ihre Liebessehnsucht in die Nacht hinausmiaute.

Mickis Freundin trifft Julian

*T*ack-tack-tack. Mickis Ohren gingen in Richtung Straße. Da war es wieder, dieses Geräusch, das er kannte.

Die Frau blickte in Richtung Hangwiese, so als würde sie Micki suchen.

Micki hockte im Gras. Es war so hoch gewachsen, daß es ihn wie ein Wald überwucherte. Jetzt richtete sich Micki zu seiner vollen, schlanken Größe auf.

»Micki, Micki«, rief die Frau.

Micki setzte sich in Bewegung, lief auf die Frau zu, die so zärtlich nach ihm rief.

Micki ließ die Frau auf drei Schritte herankommen, neigte dann artig sein Köpfchen wie zu einer Verbeugung und sagte »Miau«. Das Schwänzchen hatte er senkrecht in die Luft gestreckt, was soviel hieß, wie »ich freue mich dich zu sehen«. Die zierliche Frau schien die Katzensprache zu verstehen.

»Da bist du ja, du Schöne«, sagte sie und streichelte Micki sanft. Daß sie ihn immer noch für eine Katzenlady hielt, schien Micki nichts auszumachen.

Die Frau hockte neben Micki, der sich jetzt ganz unkaterhaft auf die Seite rollte, sich kraulen und streicheln ließ und vor Behagen sein Schnurrkonzert anstimmte, daß die Windgräser es nicht lassen konnten, mit einzustimmen.

»Rrr, Rrr«, Micki schnurrte, was das Zeug hielt, die melodiösen Worte, die ihm die Frau zuflüsterte, hörten sich zu schön an. Mit der Samtpfote streichelte Micki den zierlichen Fuß der Frau.

»Es ist mir eine große Ehre, daß du mir deine Freundschaft schenkst«, sagte die Frau jetzt.

»Rrr, Rrr.« Gleichfalls, schnurrte Micki.

Als die Frau sich erhob, erhob sich Micki ebenfalls, schüttelte sein Fell und ging artig mit seiner neuen Freundin mit, zwei Häuser weiter bis zur Terrasse von Frau Hildebrandt. Micki erkannte den Reisigbesen, umschmeichelte ihn und stellte fest, daß er nach Micki roch. Kein Haus in dieser Straße thronte auf einer so schönen Hangwiese wie Mickis und Julians Haus. Die etwas ansteigenden Vorgärten in dieser Straße waren künstlich angelegt mit exotischen Sträuchern und Blumen, Koniferen und anderen niedrigen Bäumchen.

»Guten Tag, Mutter«, sagte Mickis Freundin jetzt zu einer gepflegten älteren Dame, die in der Terrassentür erschien.

Neugierig lugte Micki durch die Tür ins Innere. Als die beiden Frauen ins Wohnzimmer hineingingen, ging Micki mit. Der weiche, flauschige Teppichboden tat seinen Pfoten gut. Am liebsten hätte Micki jetzt seine Krallen ausgefahren und einmal probegekratzt, aber ein anständiger Kater macht so etwas nicht bei fremden Leuten.

»Wen hast du denn da mitgebracht, Bettina?« fragte Frau Hildebrandt ihre Tochter und sah amüsiert auf Micki, der jetzt die Polstermöbel und das geräumige Sofa umschlich.

»Das ist Micki, meine Katzenfreundin«, erwiderte Bettina lächelnd.

»Ich kenne Micki«, erwiderte Frau Hildebrandt. »Aber Micki ist keine Dame, sondern ein Herr. Er gehört in das Malerhaus, oben auf der Hangwiese.«

Bettina streichelte Micki, der jetzt Anstalten machte, seinen Kurzbesuch zu beenden, da er genug gesehen hatte.

»Ein Kunstmaler wohnt dort?« fragte Bettina beiläufig.

»Ja, ein netter höflicher junger Mann. Er hat das Haus von seiner Tante geerbt.«

Micki sagte noch einmal höflich »Miau« und schritt dann stolz nach draußen in den Sonnenschein hinein.

»Beehren Sie uns bald wieder«, rief Bettina ihm nach. Micki wandte sich um und versprach es mit einem nochmaligen kräftigen »Miau«.

Dann ging er in Richtung Hangwiese davon.

»Zu schade, daß deine Hauswirtin keine Katze in deiner Wohnung duldet, Bettina«, sagte Frau Hildebrandt, während Mutter und Tochter sich an den Tisch setzten. »Du kannst so gut mit Katzen umgehen.«

Bettina seufzte. »Ich hätte sehr gern eine Katze. Aber da ist nichts zu machen.«

Bettina unterhielt sich lebhaft mit ihrer Mutter. Sie war mit der Kleinbahn gekommen, nachdem sie von Baden-Baden aus, wo sie wohnte, den Intercity bis Offenburg genommen hatte. Einmal im Monat besuchte sie ihre Mutter in Seidelbach. Bettina Hildebrandt war Rundfunkredakteurin, arbeitete im Schichtwechsel und hatte sehr wenig private Zeit.

Als Bettina an diesem Abend wieder ging, begleitet von ihrer Mutter, saß Micki wieder auf seiner Hangwiese. Freudig lief er den beiden Frauen entgegen.

»Entschuldige, daß ich dich für eine Katzenfrau gehalten habe«, murmelte Bettina in Mickis Katzenohr, nachdem sie ihn auf den Arm genommen hatte. Micki, der sich nicht so gern von anderen Menschen auf den Arm nehmen ließ, machte diesmal eine Ausnahme.

In diesem Moment kam Julian aus dem Haus, um nach Micki zu sehen. Zu seinem Erstaunen erblickte er ein schönes Bild. Die zierliche Frau mit der Ponyfrisur, in roter Seidenbluse und weißem Rock, auf dem Arm den dunkelgestromten Micki. Beide umrahmt vom Glanz der untergehenden Sonne.

Julians Künstleraugen konnten sich nicht satt an dem Bild sehen. Spontan ging er auf Bettina zu.

»Wie ich sehe, hat mein Kater Micki Freundschaft mit Ihnen geschlossen«, sagte Julian liebenswürdig und blickte Bettina mit seinen dunklen Sternenaugen an.

Bettina lächelte. »Ja, bei mir war es Liebe auf den ersten Blick mit Micki«, erwiderte sie. Micki strebte jetzt wieder auf seine eigenen vier Pfoten, und Bettina setzte ihn vorsichtig am Rande der Wiese ab, wo Micki erst einmal um die Beine seines Menschkaters schlich.

»Da Sie Micki bereits kennen, möchte ich mich auch vorstellen«, sagte Julian und nannte seinen Namen. »Frau Hildebrandt und ich kennen uns ja schon«, fügte er hinzu.

»Bettina ist meine Tochter«, klärte Frau Hildebrandt Julian auf. Julian hielt Bettinas Hand etwas länger als üblich in seiner. Er hatte einen Einfall.

»Darf ich Sie mit Micki einmal malen?« fragte er Bettina. »Sie haben zusammen ein so schönes Bild geboten.«

Bettina zögerte einen Augenblick. Der Vorschlag kam sehr plötzlich. Dann stimmte sie lächelnd zu.

»Es ist ein ganz seriöses Angebot«, beeilte sich Julian hinzuzufügen.

»Sie müßten mir lediglich etwas von Ihrer Zeit opfern.«

»Abgemacht«, erwiderte Bettina, die Julian äußerst sympathisch fand.

»Genügen Ihnen acht Tage?« Ich bekomme nächste Woche Urlaub, will eine Woche davon hier bei meiner Mutter verbringen und die anderen zwei Wochen nach Italien fahren. Die letzte Woche Urlaub von insgesamt vier Wochen hebe ich mir immer für den Herbst auf«, sagte sie.

»Wunderbar.« Julian war ehrlich erfreut. »Sie und Micki harmonieren großartig zusammen. Es muß einfach ein gutes Bild werden«, sagte Julian.

Jetzt war es Zeit, zur Kleinbahn zu gehen, und die beiden Damen verabschiedeten sich von Julian, nachdem Bettina und Julian den ersten Termin abgesprochen hatten.

Julian blickte Bettina lange nach, und sein Herz wurde ihm warm.

»Komm ins Haus, Micki«, sagte Julian schließlich zu dem Kater, der regungslos im Gras saß. »Es ist Zeit zum Abendessen.«

Als sie beide beim Abendessen saßen, sagte Julian leise zu Micki: »Das hast du fein gemacht,

du alter Wiesenmauser du, dir diese aparte kleine Frau zur Freundin auszusuchen. Wie ich
sehe, hast du Geschmack. Und wenn du mich
fragst, sie gefällt mir eben auch.«

Micki blickte Julian aus seinen weisen Kateraugen an und sagte: »Miau«. Damit war das Thema für ihn vorläufig erledigt, und er wandte sich
wieder seinem Napf zu.

Julian starrte an diesem Abend Luftlöcher in
den Nachthimmel. Er träumte mit offenen
Augen einem Bild nach, das bereits seine inneren Augen gemalt hatten, und ein sternenklares
Glücksgefühl erfüllte sein Herz.

Erster Preis für »Frau mit Katze«

*F*ür Julian und Micki hatte ein neues, aufregendes Leben begonnen. Tag für Tag erschien Bettina Hildebrandt im Atelier. Jedesmal brachte sie Micki eine Dose seiner Lieblingsmenüs mit, wogegen Julian zuerst protestiert hatte, was er aber schließlich hinnehmen mußte, weil es Bettina selbst soviel Freude bereitete, Micki zu verwöhnen.

Unmerklich, während der Stunden im Atelier, wurde das zarte Band, das von Julian zu Bettina schwang, immer fester, kamen sie sich näher, was beide als äußerst angenehm empfanden.

Micki ließ sich meist geduldig auf den Arm nehmen, hielt es aber nie lange aus und sprang dann einfach davon, weil seine Wiese ihn rief oder die Federweiße.

Schnell skizzierte Julian das Wesentliche, Mickis Körper- und Gesichtsausdruck, die graziöse Haltung seiner Pfoten.

Bettina zeigte eine Engelsgeduld. Meistens führten sie nach der Sitzung noch lange Gespräche miteinander, tranken dabei ein Glas Wein und stellten fest, daß sie viele Gemeinsamkeiten hatten. Julian, der Einzelgänger, blühte auf.

Als Bettinas Urlaub hier zu Ende ging, war Julian traurig. Er würde sie nun einige Zeit nicht sehen.

»Werden Sie wiederkommen?« fragte er Bettina am letzten Abend und hielt wieder lange ihre Hand.

Bettina versprach es. Eine Weile standen sie noch auf der Wiese zusammen, die Wiese duftete, auf den Rebhängen lag die Sommerhitze, und wären die Überschallflugzeuge nicht gewesen, die vom nahe gelegenen Stützpunkt über die Rebhänge donnerten, nichts hätte die Harmonie dieses Spätnachmittags gestört.

»Frau mit Katze« sollte ein Ölgemälde werden, und Julian sah schon die leuchtenden Farben vor sich.

»Wann werde ich das Bild sehen?« fragte Bettina jetzt.

»Wenn Sie aus dem Urlaub zurück sind, ist es fertig«, beteuerte Julian.

Bettina verabschiedete sich von Julian, während ein Auto am Rande der Straße hielt, und Oskar, »der Mann vom Papier«, beladen mit Malpapier, ausstieg.

»Hallo, Maestro«, rief er dröhnend, während er den Hang heraufhastete, »ich bringe Nachschub.«

Oskar wuchtete das Papier gleich ins Atelier hinauf. Nachdem er wußte, daß Micki das Papier zum Fressen und Zerfetzen gern hatte, legte er es nicht mehr in der Diele ab.

Mickis persönliches Happening hatte für einmal gereicht.

Julian lud Oskar wieder zu Bier und Schnaps ein. Er wuchtete sich auf die Eckbank in Julians Wohnküche, die gemütlich eingerichtet war, wischte sich mit dem Ärmel den Schweiß aus dem Gesicht und fragte ungeniert: »War das Ihre neue Freundin?« Wieso Oskar auf »neu« kam, war Julian schleierhaft.

»Sie ist mein Modell«, erwiderte Julian vorsichtig.

Oskar grinste breit. »Modell nennt man so etwas in Künstlerkreisen«, sagte er gutmütig und zwinkerte Julian zu. »Na, nichts für ungut.«

Er trank den Schnaps in einem Zuge. »Das ist gut«, stellte Oskar fest.

Julian trank lieber Wein und nippte am Weißen.

Nach dem dritten Bier mit Topinambur machte sich Oskar wieder auf den Heimweg. »Die Frau wartet mit der Vesper«, erklärte er Julian.

In den nächsten Tagen arbeitete Julian wie besessen an dem Bild »Frau mit Katze«. Er vergaß dabei Zeit und Raum. Und einmal vergaß er sogar Mickis Abendessen, der ins nicht so sehr geliebte Atelier kam und Julian vorwurfsvoll daran erinnerte.

Es gab Nächte, da arbeitete Julian bis zur Erschöpfung durch. Endlich war das Ölgemälde fertig. Julian wußte, daß er sein Bestes gegeben hatte. Erschöpft und glücklich schlief er dann zwei Tage und Nächte lang, bis Micki ihn weckte, um an seine Mahlzeiten zu kommen. Julian taumelte dann in die Küche, versorgte Micki, trank einige Schlucke Wasser und legte sich wieder hin.

Nach diesen Tagen gönnte er sich eine schöpferische Pause. Immer wieder sah er das Bild an, kritisch und voll Distanz, nur um festzustellen, daß er nichts mehr daran verändern konnte.

Ungeduldig wartete er an diesem Wochenende auf Bettina, die aus ihrem Italienurlaub zurückkam und das Wochenende bei ihrer Mutter und Julian verbringen wollte.

Bettina und Julian gingen gleich ins Atelier hinauf.

Lange stand Bettina stumm vor dem Gemälde. Micki hatte sich ebenfalls eingefunden.

Das Bild war in zarten Strichen gemalt und trotzdem voll Lebenskraft. Bettina, in weißer Bluse, den dunkelgestromten Micki im Arm in einem Glanz von Sonnenlicht. Beide, Frau und Katze, schienen einen ähnlichen Gesichtsausdruck zu haben.

»Gefällt es dir?« fragte Julian. Längst waren sie zum vertrauten »Du« übergegangen.

Bettina wandte sich Julian mit leuchtenden Augen zu.

»Es ist ein Meisterwerk«, sagte sie bewegt und nahm seine beiden Hände. »Julian, du bist ein großer Künstler.«

»Ach, herrje«, erwiderte Julian, leicht verlegen. »Ich versuche nur, mein Bestes zu geben, so, wie ich alles sehe, von innen heraus.«

»Es ist dir großartig gelungen.« Bettina gab Julian einen Kuß auf die Wange.

Micki drängte sich zwischen sie, umschmeichelte erst Julians, dann Bettinas Beine. Er wollte auch etwas von der Zärtlichkeit abhaben.

Beide gingen zur gleichen Zeit in die Knie und streichelten Micki. Micki begann sogleich mit seiner Schnurrmelodie.

»Du mußt das Bild zu diesem Wettbewerb einsenden, von dem du mir erzählt hast, Julian«, sagte Bettina eindringlich. Braungebrannt und erholt stand sie vor ihm. Sie reichte ihm gerade etwas über die Schulter. Julian nahm sie leicht hoch und wirbelte sie herum.

»Das werde ich machen«, versprach er.

An diesem Abend feierten sie das Bild. Julian hatte Schwarzwälder Spezialitäten, einen guten Wein und als Dessert eine Melone besorgt. Auch Micki bekam sein Lieblingsmenü.

Erst spät in der Nacht trennten sich Bettina und Julian.

Der dritte Winter, den Julian in Seidelbach erlebte, schickte seine Vorboten aus. Es war ein kalter Novembermorgen, als der Briefträger zu Julian quer über die Wiese stapfte und ihm einen Brief brachte. Julian riß aufgeregt den Umschlag auf, als er den Absender gelesen hatte.

»Die Jury hat Ihnen einstimmig den ersten Preis für Ihr Gemälde ›Frau mit Katze‹ zuerkannt«, stand da zu lesen. Beigefügt war ein Scheck über zehntausend Mark. Die Preisverleihung sollte eine Woche später in feierlichem Rahmen in der Landeshauptstadt stattfinden. »Mikki, Mickiii«, Julian rief laut nach seinem Kater.

Micki, der mit seinen feinen Sensoren ahnte, daß etwas Besonderes geschehen sein mußte, wenn sein Menschkater so rief, eilte eilig aus einem Winkel des Hauses zu Julian in die Wohnküche.

Julian hielt ihm das Schreiben hin.

»Wir haben den ersten Preis bekommen, du alter Wiesenmauser, du«, sagte er freudig zu Micki und ließ es zu, daß Micki ausgiebig das feine Papier beschnupperte. Der Geruch von allerlei Sorten Papier war ihm nun vertraut. Als Mikki eine Ecke abbiß, ließ Julian das noch gelten, doch als er anfing, es mit den Krallen zu bearbeiten, entriß Julian Micki den Brief.

»Laß noch etwas davon übrig«, ermahnte er Micki. Den Scheck hatte er vorsichtshalber schon in Sicherheit gebracht.

»Wir müssen sofort Bettina anrufen«, sagte Julian und rief im Sender an. Nach etlichem Warten hatte er Bettina am Telefon.

»Du hast mir Glück gebracht«, sagte er zu ihr und las das Schreiben vor.

»Ich freue mich für dich, Julian. Du hast den Preis verdient. Herzlichen Glückwunsch«, erwiderte Bettina erfreut.

»Du kommst doch zur Preisverleihung?« fragte Julian.

Bettina, die in der Kulturredaktion arbeitete, lächelte, was Julian nicht sehen konnte.

»Ich komme sogar dienstlich«, sagte sie dann. »Uns liegt gerade die Einladung vor. Julian, ich habe es eben, gerade bevor du anriefst, erfahren, daß du der erste Preisträger bist. Wir werden die Preisverleihung im Rundfunk übertragen. Wie ich höre, soll auch das Fernsehen dabei sein.«

»Du großer Gott«, stöhnte Julian gespielt. »Was soll ich da bloß anziehen?« Dann lachten sie beide.

Die Preisverleihung erfolgte eine Woche später vor erlesenem Publikum und im Beisein der Medien.

Mit einem Schlag wurde der Name Julian Jordan bekannt. Die größte Zeitung der Landeshauptstadt widmete Julian eine lange, wohlwollende Kritik. Außerdem erschien sein Bild »Frau mit Katze« groß im Feuilletonteil. Andere Zeitungen zogen nach.

Daraufhin erschien auch ein Reporter mit Fotograf vom Seidelbacher Tageblatt, um ihn zu interviewen. Das Seidelbacher Tageblatt sah seine Aufgabe vor allem darin, Artikel über die Aktivitäten der über einhundert Vereine zu bringen. Meistens schrieben die Vereinsvorsitzenden ihre Artikel selbst, so daß nur Lobenswertes zu berichten war. Nach Meinung von Julian war das keine Zeitung, sondern ein Vereinsmeierblatt.

»Wir wußten ja nicht, daß ein so berühmter Maler bei uns in Seidelbach wohnt«, sagte der noch junge Reporter und musterte kritisch das alte ehrwürdige Haus, das so gar nicht zu den vornehmen neuen zu passen schien. »Haben Sie irgendwo Ihre Katze zur Hand?« fragte er.

»Mein Kollege soll Sie mit der Katze vor dem Bild fotografieren.« Julian blickte den jungen Mann mitleidig an. Er war bestimmt kein Katzenkenner, sonst hätte er gewußt, daß man eine Katze nie »zur Hand hatte«. Deshalb sagte er auch jetzt: »Ich weiß nicht, ob mein Kater Micki Ihre Bekanntschaft machen möchte. Ich werde ihn mal rufen.«

Der Reporter blickte ihn verständnislos an.

»Leicht verrückt«, erwiderte der Fotograf, als Julian nach draußen gegangen war, um Micki zu rufen.

Sie warteten etwa fünf Minuten. Dann erschien Micki in voller Schönheit.

»Du sollst in dieses großartige Seidelbacher Vereinsblatt kommen«, flüsterte Julian Micki ins Ohr.

Der rothaarige Fotograf trat augenblicklich in Aktion. Sie gingen ins Atelier hinauf, wo das Bild »Frau mit Katze« auf der Staffelei stand. Nach den Anweisungen des Rothaarigen posierte Julian mit Micki neben dem Bild. Micki verhielt sich zunächst anständig ruhig und fixierte das Kameraauge.

Es blitzte. Der helle Strahl stach Micki in die Augen, daß er sie empört zu seinen orientalischen Schlitzen zumachte. Das war einfach zuviel für ihn. Noch einmal blitzte es und noch einmal.

Mit einem Satz sprang Micki von Julians Arm, krallte sich am Arm des Rothaarigen fest, der entsetzt die Kamera fallen ließ. Sie fiel zum Glück auf eine Rolle Malpapier, das Oskar gebracht hatte und blieb unbeschädigt. Aber der Film hatte sich gelöst, schlängelte sich wie eine Kobra durchs Atelier, Micki hinterher. Mit seinen Krallen bearbeitete er das übelriechende Zeug. Julian entriß ihm den Film.

Der Rothaarige hatte sich von dem Schrecken erholt, nahm seine Kamera auf, begutachtete sie und griff dann nach dem Film, den Julian gerettet hatte.

»Das Biest ist ja gemeingefährlich«, sagte er beleidigt zu Julian. »So etwas ist mir in meiner ganzen Praxis noch nicht passiert.«

»Sie haben sicher auch noch keine Katze fotografiert«, versuchte Julian Micki zu entschuldigen.

»Erlauben Sie mal«, sagte der Fotograf. »Ich habe schon Tiere aller Art unter der Lupe gehabt, Kaninchen vom Züchterverein, Hunde und Vögel.«

»Ob das Bild etwas wird, weiß ich nicht, vielleicht hat mir Ihr gemeingefährlicher Kater alles zerkratzt«, rief er Julian beim Gehen über die Schulter zu.

Julian glaubte, Mickis Ehre retten zu müssen.

Zweimal das Wort »gemeingefährlich« war auch für Julian zuviel. Er rannte über die Wiese, den Zeitungsleuten hinterher.

»Erst einmal ist mein Kater nicht gemeingefährlich«, sagte er zu dem Rothaarigen, »das sagt lediglich, daß Sie keine Ahnung von der Psyche einer Katze haben, und zweitens ist es mir egal, ob Ihr verdammtes Foto etwas wird in Ihrem Vereinsblättchen.«

Der Rothaarige murmelte etwas von hochmütig und spinnerisch. Dann rasten die beiden jungen Männer davon.

»Je kleinkarierter, um so wichtigtuerischer«,
sagte Julian zu Micki, der wieder friedlich neben
Julian im Sessel saß. »Aber laß nur, mein Guter,
die beiden lernen es auch noch, daß die Welt in
Seidelbach nicht zu Ende ist.«

Sie saßen friedlich nebeneinander und blickten in den Nebel hinaus.

Am nächsten Tag erschien im Seidelbacher
Tageblatt ein verschwommenes, zu dunkel gera-
tenes Bild. Von dem Gemälde konnte man nur
die Umrisse erkennen. Micki zeigte seinen fernöstlichen Blick. Daß das Foto so mißlungen war,
war nicht Mickis Schuld. Obwohl der Reporter
sich anscheinend die Finger wundgeschrieben
und Julian über alles ausgefragt hatte, stand nur
eine kurze Bildunterschrift da. »Maler Julian
Jordan erhielt den ersten Preis für ›Frau mit Katze‹.« Mehr nicht.

Julian schmunzelte.

»Wir waren den beiden wohl nicht sehr sympathisch«, sagte er zu Micki. »Aber darauf legen
wir keinen Wert. Was machen wir nun mit dem
vielen Preisgeld?«

Aber das wußte Micki auch nicht. Darüber
mußte sein Menschkater allein nachdenken.
Geld interessierte Micki überhaupt nicht.

Schließlich hatte Julian das Bild auch allein gemalt, da mußte er auch wissen, was man mit
Geld dafür anfing.

Micki streckte sich lang auf seinem Lieblings-
kissen aus, schloß die Augen, legte seine Samtpfote auf Julians Knie und schlief, sich selber in
den Schlaf schnurrend, ein.

Fräulein Reichtum
und die Kündigung

*D*as rote Sportauto fuhr im Furioso vor, hob sich wie ein warnendes Untier von der makellos weißen Schneewiese ab, bremste unsensibel, und Fräulein Malschülerin stürzte mit wallender Haarmähne aus dem Auto, knallte die Tür zu, daß Micki, der sich hinter einen Baum geflüchtet hatte, zusammenzuckte. Sie klingelte Sturm bei Julian.

Mit erschrockenem Gesicht öffnete Julian. Die Blonde stürzte an Julian vorbei ins Atelier, sah ihn mit funkelnden Augen an.

»Wieso kommen Sie schon heute zur Malstunde, Sie sind doch erst morgen dran«, wunderte sich Julian.

»Ich komme nicht zur Malstunde«, fauchte die Blondmähne. »Ich will lediglich meine Malsachen, die ich noch hier habe, abholen.«

Julian staunte.

»Haben Sie keine Lust mehr zum Malen?« fragte er. »Ist etwas geschehen? Habe ich etwas falsch gemacht?«

»Ob Sie etwas falsch gemacht haben, sollten

Sie selbst am besten wissen.« Die Blonde warf sich in Julians Besuchersessel.

Fräulein Reichtum durchbohrte Julian mit ihren kalten Blicken.

Julian setzte sich auf den Stapel Papier und sagte ruhig: »Das müssen Sie mir erklären.«

Die Blonde zog einen zerknitterten Zeitungsausschnitt aus der Tasche und warf ihn dem verdutzten Julian vor die Füße. »Das haben Sie falsch gemacht«, sagte sie.

Julian hob das Papier auf. Es war der Bericht der größten Zeitung der Landeshauptstadt von der Preisverleihung.

Julian blickte noch immer verständnislos.

»Sie malen eine Frau mit Ihrem dämlichen Hätschelkater«, fauchte sie erneut. »Damit kommen Sie sogar ins Fernsehen. Wie oft habe ich Sie gebeten, mich zu malen. Papa hätte gut dafür bezahlt. ›Ich male keine Porträts‹, haben Sie immer wieder beteuert. Der Herr Künstler weigerte sich. Er sei noch nicht reif dafür. Daß ich nicht lache.« Sie lachte hart und laut. »Aber für diese hier waren Sie reif genug, ja?« fuhr sie fort und riß Julian erbittert den Zeitungsartikel aus der Hand, zerfetzte ihn wütend, was sie fast so gut konnte wie Micki und warf die Schnipsel aus dem Fenster. Dort fielen sie wie weiche Flocken auf die Wiese.

Julian lachte. Das war es also, was seine Malschülerin so erbost hatte. Sie war schlichtweg eifersüchtig auf Bettina. Der Grund, warum er sie, auch für Geld, nicht gemalt hatte, war der, daß er einfach keine innere Beziehung zu ihr hatte. Sie war ihm zu oberflächlich und flatterhaft, zu plakativ, wie er es nannte. Das konnte kein gutes Bild im Sinne, wie es Julian verstand, werden. Aber wie sollte er ihr das erklären?

Er brauchte nichts mehr zu erklären. Fräulein Reichtum nahm ihm das ab, indem sie ihre Malutensilien zusammenraffte, die Blondmähne in den Nacken warf und Julian im Hinausgehen zurief: »Ich komme nie wieder. Nie wieder«, wiederholte sie. »Das haben Sie sich selbst verscherzt.«

Julian sah trübselig zu der glänzenden Silberschale hin, in der nun nie mehr ein Hundertmarkschein liegen würde. Fast bereute er es, so unnachgiebig geblieben zu sein. Aber dann siegte sein künstlerisches Gewissen. Er konnte sich schließlich nicht selbst vergewaltigen.

Sie stürzte zum Auto, warf achtlos ihre Malsachen auf den Rücksitz und brauste davon, wie von Furien gehetzt. Julian sah ihr nicht ohne Bedauern nach. So ein großzügiges Honorar würde er so schnell nicht wieder bekommen.

Dafür besaß er nun die zehntausend Mark, ein Reichtum für Julian, mit dem er immer noch nichts anfangen konnte.

Zum Lebensunterhalt ohne Auto reichte sein bescheidenes Geld, das er sich verdiente, allemal. Daß er kein Auto besaß, machte ihn in den Augen vieler Mitmenschen suspekt. Ein Mensch ohne Auto schien in irgendeiner Form in den Augen mancher Mitmenschen amputiert zu sein. Julian lächelte vor sich hin. Kein Auto zu besitzen war wohl schlimmer als Krätze.

»Ich habe kein Auto, dafür besitze ich aber einen zauberhaften Kater«, pflegte Julian zu sagen, was das Unverständnis seiner Mitmenschen noch mehr verstärkte. Bei manchen hatte er als Künstler »Narrenfreiheit«, wie sie betonten.

Es gab Seidelbacher, Alteingesessene, die hielten den nahezu mittellosen Künstler (wenn man von dem alten schäbigen Haus absah, das er geerbt hatte) schlichtweg für einen Spinner, der nicht einmal in einem der vielen Vereine war und keine Beziehungen besaß. Bei wenigen stieg er geradezu deshalb in ihrer Achtung.

Es gab jüngere Leute in seiner Straße in der »gehobenen Wohngegend«, die Julian nie grüßten, obwohl er sie zuerst gegrüßt hatte.

Nachdem er »im Fernsehen« war und die Zeitung ihn »erwähnt« hatte, konnte sich Julian auf einmal vor lauter Grüßen nicht mehr retten, die er an jeder Ecke und Straße erwidern mußte. Manche sprachen ihn sogar daraufhin an und wollten es »schon immer gewußt haben«, daß er ein großer Künstler war.

Julian ging wieder ins Atelier zurück und räumte zuerst die Silberschale weg, die eigens Fräulein Reichtum vorbehalten war. Die anderen Malschüler bezahlten »à conto«.

Micki kam ins Haus und schleppte wieder eine etwas dünne dunkle Feldmaus an, legte sie stolz vor die Ateliertür.

»Soll ich die etwa malen?« sagte Julian und streichelte Mickis Fell. Dann legte er die tote Maus auf die Silberschale und trug sie auf die Wiese hinter dem Haus. Mit dem Rand der Schale grub er ein Loch in den tiefgefrorenen Boden, legte die Maus hinein und deckte sie dann wieder mit der Schneedecke zu.

»Jetzt bist du wieder zu Hause«, sagte er.

Während er ins Haus zurückging, überlegte Julian, ob er die Silberschale beim Trödler in der Kreisstadt versilbern sollte, jetzt, da er sie nicht mehr brauchte als ebenbürtigen Platz für ein fürstliches Honorar. Zunächst stellte er sie auf das oberste Bord in den Schrank.

Micki, der Jäger, stolzierte mit erhobenem Schwanz zu Julian in die Wohnküche, wo es wunderbar warm war.

»Deine Erzfeindin in dem feuerroten Auto sind wir jetzt los«, sagte er zu Micki, der sich behaglich vor dem Ofen zusammenrollte.

»RRR«, kommentierte Micki die neue Sachlage.

Es begann wieder zu schneien. Eine Weile sah Micki den sanften, tanzenden, federleichten Schneeflocken zu, und er dachte dabei an die Federweiße in dem federweißen Haus. Darüber fielen ihm die Augen zu. Im Traum jagte er noch einmal die Maus, die Julian auf einer Silberschale fortgetragen hatte.

Micki und das Postauto

Das einzige Auto, das Micki liebte, war das Postauto. Er mochte seine leuchtendgelbe Osterglockenfarbe, die leise, beinahe vornehme Art, mit der es langsam die etwas steil ansteigende Straße entlangfuhr, hier und da sachte hielt, sein Hinterrücksmaul aufsperrte, aus dem der Postler Päckchen und Pakete entnahm, um sie in die Häuser zu tragen.

Auch an diesem Tag kam das Postauto langsam die Straße entlang gefahren, hielt vor Julians Haus.

Micki kam neugierig näher, seine Schnurrhaare beschnupperten das Hinterrad, dann sah er interessiert zu, wie der junge Postbeamte ausstieg und die Hintertür öffnete. Er bemerkte Micki und sprach ihn freundlich an.

»Leider habe ich nichts für dich und deinen Menschen«, sagte er zu Micki. »Vielleicht ein anderes Mal.«

Dann ging er über die Straße auf das gegenüberliegende Haus mit der steilen Steintreppe zu.

Aus dem Inneren des Postautos kam ein Geruch, den Micki noch nicht kannte. Dem mußte er einmal nachgehen.

Mit einem eleganten Satz sprang Micki in das Auto und landete auf einem großen Paket, das mit Klebeband zugeklebt war. Außerdem war es mit einem Bindfaden verschnürt.

Micki zupfte mit der Krallenpfote am Bindfaden. Es gab ein leises Geräusch, »pling-pling«, beinahe wie Harfenklang. Micki machte das Spaß. Er zupfte wieder, der Bindfaden lockerte sich. Jetzt spielte Micki mit zwei Pfoten Bindfadenmusik.

Er war so in sein Spiel vertieft, daß er nicht bemerkte, wie der Postbeamte zurückkam, die Türen des Autos schloß und die bergige Straße weiter hinauffuhr.

Micki hielt erstarrt inne. Seine Nixenaugen schillerten in der plötzlichen Dunkelheit. Es dauerte eine Weile, bis Micki begriff, daß er gefangen war.

In Panik raste Micki zur Hintertür, ließ einen Trommelwirbel los und miaute kläglich. Hörte denn niemand seinen Protest?

Micki sprang hin und her. Er dachte nicht mehr an das schöne Bindfadenspiel, er wollte nur noch hier heraus auf seine Wiese. Noch nie hatte er soviel Sehnsucht nach ihr gehabt wie jetzt in diesem dunklen Verlies. Schließlich bin ich ein freiheitsliebender Kater, ging es Micki durch den Kopf.

Micki horchte auf die Räder, die jetzt ihren Singsang einstellten. Die Bremsen setzten den Schlußakkord. Das Postauto hielt. Schritte näherten sich der Hintertür. Micki spannte sich wie ein Bogen. Reglos lauschte er.

»Ratsch-ratsch.« Die Türen schwangen auf, wunderbare klare Luft kam herein.

Micki zögerte keine Sekunde.

In wildem Sprung jagte er wie ein Pfeil über den Kopf des verdutzten Postautofahrers hinweg, der entsetzt zurückprallte, überschlug sich vor lauter Schwung im freien Fall in der Luft, drehte sich blitzschnell wie ein Eislaufkünstler und landete dann wohlbehalten auf seinen vier Pfoten auf der Straße.

»Das ist ja ein Ding. Hat sich doch dieser Rabenkater bei mir eingeschlichen«, staunte der Postbeamte.

Mickis Katerherz schlug wild vor Freude über die wiedergefundene Freiheit. Er blinzelte in die Sonne, sah sich um. So weit weg war er noch nicht von zu Hause gewesen, obwohl er im Stromern wohl den ersten Preis bekommen hätte. Das hier war jedoch nicht sein weitgestecktes Revier. Es roch fremd, klang fremd, sah fremd aus. Nirgendwo konnte Micki etwas Vertrautes finden.

Zu allem Unglück kam auch noch der Streunerkater, häßlich wie die Nacht in seiner Ver-
wahrlosung, der sich an die zarte Federweiße
herangemacht hatte, drohend, mit gesträubtem
Fell, auf Micki zu.

»Hau ab«, gab er Micki zu verstehen. »Das hier
ist mein Revier. Da hast du nichts zu suchen.«
Endlich konnte er Rache an Micki nehmen, wegen der Niederlage, die er ausgerechnet vor der
angebeteten Federweißen hatte hinnehmen
müssen.

Micki blickte erst den Streuner an, dann sah
er sich um. Das Postauto war gerade weggefahren. Seine Liebe zu dem osterglockenfarbe-
nen Auto hatte einen Knacks bekommen. Nie
hätte Micki gedacht, daß es ihn auf so heimtücki-
sche Weise in den Hinterhalt hatte locken
können. Das würde er dem Auto nicht vergessen. Der Vorfall bestätigte wieder einmal, daß
keine Katze einem Auto trauen konnte. In Zukunft wollte Micki auch dem Postauto aus dem
Wege gehen.

Der Streunerkater kam jetzt bedrohlich auf
Micki zu, fletschte sein schadhaftes Gebiß in
dem unappetitlichen Maul, fuhr seine überlan-
gen spitzen Krallen aus. Noch nicht einmal Zeit
für seine Pediküre und Maniküre nimmt er sich,
dachte Micki angewidert. Aber für heute, fand
Micki, hatte er genug Aufregung gehabt. Sollte er

sich jetzt auf einen sinnlosen Kampf mit diesem Individuum einlassen?

Micki machte einen rasanten Spurt, hetzte eine öde lange Steintreppe, die zu einem Hang führte, hinauf, gefolgt von dem Streunerkater, der höhnisch hinter ihm herzischte.

Als Micki auf der obersten Treppenstufe angelangt war, sah er sich kurz um. Der Streuner war nicht so schnell auf den Beinen wie Micki. Er mußte schon sehr alt sein. Und plötzlich tat ihm sein Erzfeind leid. Soll er mich doch für feige halten, dachte Micki und gönnte ihm die Kapitulation. Mit einem weiten Sprung war Micki in einem Vorgarten gelandet. Der Streuner blieb stehen. Er hatte ihn aus seinem Revier vertrieben. Sieghaft machte der Streuner kehrt und trottete davon. Er hatte den verhaßten Rivalen in die Flucht geschlagen. Sein Selbstbewußtsein glänzte einen Sternenaugenblick lang.

Der Streuner straffte sich im Gehen, reckte stolz seinen zerzausten Kopf mit dem lädierten linken Ohr, verjüngte sich geradezu, fühlte sich nach langer Zeit zum erstenmal wieder wie in seinen Jugendjahren, als er noch voll Kraft gewesen war, nie einer Rauferei aus dem Weg ging, gefürchtet von anderen Katern.

So hätte die Federweiße ihn sehen müssen.

Währenddessen irrte Micki in der fremden Gegend umher. Wo befand er sich nur? Als der

Streuner nicht mehr zu sehen war, trat Micki den Rückweg an, den Kopf dem Boden zugeneigt. Da war er, der vertraute Duft, der Duft vom Postauto. Micki ging ihm mitten auf der Straße nach.

Und noch etwas Vertrautes bemerkte Micki. Aus der Ferne hörte er den Hund von Herrn Anfang bellen. Er kannte dieses Bellen genau. Micki spitzte die Ohren und ging dann einfach dem Bellen nach. Kinderleicht für ihn mit seinem feinen Gehör. Wo Herrn Anfangs Hund war, konnte auch Mickis Zuhause nicht mehr weit sein.

Das Bellen wurde lauter, kam näher, endlich, endlich fand Micki die vertrauten Geräusche und Gerüche seiner Straße wieder. Da kam ja auch seine Wiese im hellen Mittagsglanz in Sicht. Micki machte vor Freude einen kapriziösen Luftsprung.

Jetzt galt es nur noch eine Klippe zu umrunden, denn Micki mußte, ob er wollte oder nicht, an Herrn Anfangs Hund vorbei.

In weitem Bogen schlich Micki heran. Aber Herrn Anfangs Hund hatte ihn bereits gewittert. Er war gar nicht so dumm und empfing Micki mit wütendem Gebell. Die Antipathie beruhte auf Gegenseitigkeit.

Zur Erleichterung Mickis war der Hund an einer langen Leine angebunden. Micki schlug einen Haken, pirschte am Hund vorbei, der jetzt wütend am Gartenzaun hochsprang und Micki wüste Flegeleien nachbellte. Am liebsten hätte der musikalische Micki sich die Ohren zugehalten. Aber diese Menschenfertigkeit hatte Micki nicht gelernt.

Endlich hatte er das Bellen hinter sich gelassen. Micki gab ein übermütiges Miauen, das wie ein Juchhu klang, von sich, vor lauter Wiedersehensfreude mit seiner Wiese.

Der verlorene Katersohn war heimgekehrt.

In den nächsten Tagen wunderte sich Julian, daß Micki nicht mehr auf die Straße ging, um sein geliebtes Postauto zu begrüßen. Aber, daß er durch seine Neugierde auf das Postauto hereingefallen war, behielt Micki lieber für sich.

Micki und der Discosound

*J*ulian und Micki lebten in schöner Harmonie und bemerkten beide kaum, wie die Zeit verstrich.

Wieder wehten die Vorboten des Herbstes in Windböen über die Wiese, zwischen den Hügelketten über den Rebhängen schwebten die Nebelwolken in dickbäuchigen Gebilden. »Die Hasen kochen«, sagte man hier dazu.

Micki saß mißmutig in der Fensterbank der Wohnküche und blickte durch das offene Fenster. Julian hatte vergessen, es zu schließen. Ruhig lag die Straße da. Jetzt begann es auch noch zu nieseln. Bei diesem Wetter jagte man doch keinen Kater vor die Tür, dachte Micki. Er langweilte sich schlichtweg. Sein Menschkater war an diesem miesen Sonntagvormittag in die Kreisstadt zu einer Vernissage gefahren. Micki war beleidigt, daß Julian ihn nicht mitgenommen hatte.

Er sprang jetzt vom Fensterbrett. Die Straße ödete ihn an, er jagte zur Abwechslung eine Fliege, trank dann einen Schluck aus seinem Trinknapf, sprang schließlich auf den Tisch, was streng verboten war, wenn sein Menschkater da war und setzte sich mitten auf die stilisierte Rose der Tischdecke. Warum ließ Julian ihn auch an einem solchen verkaterten Sonntag allein zu Haus?

Das Radio in der Ecke auf dem Hängeregal erregte Mickis Aufmerksamkeit.

Die vielen Knöpfe glänzten verführerisch. Micki streckte seine rechte Vorderpfote aus und haute auf einen Knopf.

Erschrocken prallte er zurück. Laute Musik erklang. Discosound. Irgendwo veranstalteten sie ein großes Nonstop-Rock-Pop-Festival.

Der Drummer dröhnte wie Gewitterwolken, eine E-Gitarre wimmerte schrill dagegen an, in harten Stakkatorhythmen mischte sich das Schlagzeug ein, während ein Saxophon weinerlich dazwischenjammerte. Das alles erklang in voller Lautstärke.

Micki starrte auf das Unding von Radio und hörte sich den Lärm eine Zeitlang reglos an. Wie konnte seine Pfote nur so etwas hervorbringen? War er unter die Zauberkünstler geraten? Micki staunte über sich selber. Doch dieser Menschenkrach beleidigte seine sensiblen Blätterohren.

Micki wandte dem Radio den Rücken zu. Am liebsten hätte er sich in seinem Schlafkorb mit der weichen Decke neben dem Ofen zusammengerollt. Aber der Lärm würde auch seinen Schlaf überfluten, das heißt, er würde ihn gar nicht zum Schlafen kommen lassen.

So beschloß Micki, wieder einmal den Dachboden zu inspizieren, wo es so schön nach Staub roch. Da die Tür zum Boden verschlossen war, wählte Micki den altbekannten Außenweg durch das halboffene Fenster in der oberen Etage, die Dachrinne entlang, wo er seine artistischen Künste voll entfalten konnte. In elegantem Satz sprang Micki schließlich aufs Dach, balancierte wie ein Hochseilkünstler die Rinne entlang und schlüpfte schließlich durch das Bodenfenster.

Der Discolärm klang bis hier herauf, aber er tat Mickis Ohren hier oben nicht mehr so weh.

Durch das Tal schwangen die Kirchenglocken wie zu laut gerufene Worte. Auch das störte Mikki. Mickis Schnurrhaare sondierten zunächst den schön staubigen Fußboden, schnupperten an dem alten Gerümpel und gingen immer weiter auf Entdeckungsreise. In seiner interessanten Forschungsreise vertiefte sich Micki in Katzenwelten, die jenseits der menschlichen Wahrnehmungen waren. Dabei vergaß er sogar den Discosound, die Kirchenglocken und die Tatsache, daß sein Menschkater ihn allein gelassen hatte.

Die Türklingel schrillte durch das Haus, wieder und wieder, wollte nicht aufhören mit ihrem

Geschrill. Micki stellte sich stocktaub. Schließlich ließ er sich nicht von irgend jemandem, mir nichts, dir nichts, in seiner Katerwelt stören.

»Das ist ja empörend«, sagte Herr Anfang mit hochrotem Gesicht zu einer Frau, die auf der Straße stand und Frau Huber hieß.

»Einfach rücksichtslos dieser unerträgliche Lärm am heiligen Sonntagmorgen.« Frau Huber stimmte ihm zu.

»Herr Jordan, machen Sie doch endlich auf und stellen diesen Lärm ab«, rief Herr Anfang, der Verzweiflung nahe. Jetzt hämmerte er mit beiden Fäusten gegen die Tür. »Aufmachen, aufmachen.«

Der hämmernde Discosound lief jedoch weiter die ganze stille Sonntagsstraße »in gehobener Wohnlage« entlang, breitete sich wie eine giftige Wolke aus. Immer mehr Fenster öffneten sich in den umliegenden Häusern. Eine kleine Gruppe empörter Nachbarn hatte sich bereits um Herrn Anfang vor dem Haus versammelt. Ihre Empörung über die Rücksichtslosigkeit dieses »Künstlers« war grenzenlos.

Jetzt begann auch noch Herrn Anfangs Hund laut und anhaltend zu bellen. Ein Sänger, der nicht singen konnte, schrie gegen die Discorhythmen an, die Kirchenglocken setzten wieder ihren Kontrapunkt in das infernalische Konzert.

»Ruhe, Ruhe«, brüllte Herr Anfang, was nur

sein geduckter Hund befolgte. »Jetzt reicht es endgültig. Ich hole die Polizei.«

»Jawohl«, echote die Menge, die immer größer geworden war. »Das ist ruhestörender Lärm.«

Es dauerte eine Weile, bis ein Streifenwagen mit der üblichen Zwei-Mann-Besetzung vor Julians Haus eintraf.

»Vielleicht ist dem Herrn Jordan ja etwas passiert«, gab eine verschüchterte Frau zu bedenken. Der Discosound dauerte nun schon eine gute Stunde an.

Auch auf das Klingeln der Gesetzeshüter öffnete niemand.

Inzwischen hatten sich beinahe alle »gehobenen Wohngegendbewohner« auf der Wiese versammelt. Es war der reinste Menschenauflauf. Im geheimen erwarteten sie eine Sensation, einen Mord oder etwas Ähnliches.

Die beiden jungen Polizisten hatten beschlossen, durch das geöffnete Fenster im Hochparterre einzusteigen, aus dem der Lärm wie eine Sintflut quoll.

»Hipp-hopp«, kommandierte der Ältere, der seine kräftigen Hände vor dem Bauch verschränkt hatte, um seinem schmächtigeren Kollegen, der einsteigen sollte, den richtigen Aufschwung zu geben. Der Schmächtige wollte sich gerade mit einem Satz an der Fensterbank hochziehen, als unerwartet Julian hinter der gaffenden Menge auftauchte.

Herr Anfang, der sich kurz umgedreht hatte, entdeckte Julian zuerst und sah ihn wie eine Erscheinung an.

»Stop, stop«, schrie er den beiden Polizisten zu, daraufhin ließ sich der Einsteiger wie ein Sack auf den Boden fallen.

»Was ist denn hier los?« brüllte Julian, durch den Lärm irritiert. »Wer hat mein Radio angestellt? Ist bei mir eingebrochen worden?«

Julians Nachbarn sahen sich ratlos an.

Der ältere Polizist setzte seine Dienstmütze wieder auf, die er gerade einen Moment abgenommen hatte, seine Dienstmiene dazu und sah Julian an.

»Sind Sie Herr Jordan, der hier wohnt?« fragte er.

Julian bejahte das wahrheitsgemäß.

»Allein?« fragte der Beamte weiter.

»Nein«, erwiderte Julian ernsthaft. »Das Haus gehört auch meinem Kater Micki.«

»Machen Sie keine Witze, Mann«, sagte jetzt der Schmächtige, der sich seine Hose abgewischt hatte und nun ebenfalls zu Julian gekommen war.

»Haben Sie Besuch?« fragte der Erste weiter.

»Nicht, daß ich wüßte.« Julian lächelte den Beamten freundlich an.

»Warum haben Sie dann Ihr Radio auf volle Lautstärke gestellt und sind fortgegangen? Das ist ruhestörender Lärm. Da müssen Sie mit einer Ordnungsstrafe rechnen.«

»Stellen Sie doch endlich den Lärm ab«, fauchte Herr Anfang Julian zu. »Das ist ja nicht zum Aushalten.«

»Sie sehen doch, ich werde davon abgehalten«, entgegnete Julian.

Er ging zur Tür, schloß auf und stellte endlich den Lärm ab. Ein Aufatmen ging durch die Menge.

Julian kam wieder aus dem Haus zu den Polizisten.

»Ich habe das Radio nicht angestellt«, sagte er. »Das müssen Sie mir glauben. In dieser Lautstärke würde ich niemals Musik hören.«

»Das stimmt«, mischte sich die schüchterne Frau ein. »Herr Jordan ist eher ein unauffälliger Mensch.« Was immer sie auch damit meinte, es war nicht gerade schmeichelhaft für Julian.

»Sie behaupten also, Ihr Radio nicht angestellt zu haben«, fuhr der Beamte jetzt fort. »Dann war es wohl Ihr Kater?« Er lachte meckernd über seinen Scherz. Einige gehobene Wohngegendbewohner fielen höflich ein. Es war immer gut, die Polizei auf seiner Seite zu haben.

In Julian keimte ein Verdacht, den er sich jedoch hütete, laut auszusprechen.

Die Beamten durchsuchten zusammen mit Julian das Haus nach irgendwelchen Spuren eines Einbrechers. Nichts fand sich jedoch. Nichts fehlte im Haus oder war verändert.

Julian beharrte weiterhin auf seiner Darstellung, das Radio nicht angestellt zu haben.

Die Beamten hatten jedoch ihre Zweifel.

»Vielleicht haben Sie es einfach vergessen«, sagte der Jüngere zu ihm. Bei Künstlern konnte man ja nie so genau wissen, ob sie den Unterschied zwischen Realität und Imagination genau auseinanderhalten konnten.

Da die Bewohner von einer Anzeige absahen, wollten sich die Beamten entfernen.

»Wo ist denn Ihr Kater?« fragte der Ältere.

»Micki, Micki!« Julian rief. Aber kein Micki kam.

»Ihr Kater ist also abwesend«, stellte der Polizist fest.

»Wollten Sie ihn etwa festnehmen?« scherzte Julian.

Der Beamte wandte sich zu Herrn Anfang. »Sie nehmen also die Anzeige zurück«, sagte er.

»Ja, ja«, druckste Herr Anfang herum. »Aber irgend jemand muß ja das Radio angestellt haben.« Dabei warf er einen Seitenblick auf Julian.

Die Polizei fuhr davon, die Menschen zerstreuten sich. Es hatte keine Sensation gegeben. Herr Anfang hatte es eilig, zu seinem Haus zurückzukommen. Der Hund bellte nicht mehr, die Kirchenglocken schwiegen, friedlich lag die »gehobene Wohngegend« wieder da.

Julian ging nachdenklich ins Haus.

»Irgend jemand mußte es gewesen sein«, wie Herr Anfang scharfsinnig festgestellt hatte.

Auf dem Radioregal lagen verdächtig viele Katzenhaare.

»Micki, Micki!« Wo steckte der Kater bloß?

Auf einmal stand Micki vor Julian. Noch nie hatte Julian ihn kommen hören, Micki mit seinem wunderbaren leisen Samtpfotenschritt. Er hatte so schön auf dem Dachboden gespielt und gedöst, wo es herrliche Verstecke gab und Micki den Dachziegeln zuhören konnte, die im Wind miteinander sprachen.

»Miau.« Micki begrüßte seinen Menschkater mit aufgestelltem Schwänzchen, wie es sich gehört und schmeichelte um seine Beine. Er war Julian nicht mehr böse, daß er ihn allein gelassen hatte.

Julian nahm Micki auf den Arm.

»Micki, hast du etwa das Radio angestellt, wolltest du ein Sonntagskonzert hören?« fragte Julian dicht an Mickis Ohr. »Zuzutrauen wäre es dir.«

Micki blickte aus unschuldigen, guten Augen

zu Julian auf. »Hast du das Radio angestellt?«
fragte Julian noch einmal.

Aber darauf würde er wohl nie eine Antwort
erhalten.

Micki und die Schwarzfahrerin

*B*ettina hat uns beide zu sich nach Baden-Baden eingeladen, willst du mitkommen?« fragte Julian Micki, als sie morgens beide beim Frühstück saßen.

Micki hatte im Augenblick keine Zeit, Julian darauf eine Antwort zu geben. Er hatte Hunger. Die ganze Nacht war er unterwegs gewesen, weil das Mondlicht so hell über den Weinbergen gestanden und ihn gerufen hatte.

In Windeseile schlang er sein Frühstück herunter, schnurrte leise und ausdauernd vor Behagen dazu. Julian blickte zärtlich auf ihn herab.

»Iß nicht so hastig«, ermahnte er Micki. Aber dann schaute er auf Mickis gebeugte Haltung über dem Freßnapf, sah, wie seine Rückenknochen sich scharf unter dem Fell abhoben, und das rührte ihn seltsam an, denn Julian erkannte auf einmal Mickis Zerbrechlichkeit, die sich sonst unter dem dichten Seidenfell und Mickis Robustheit verbarg.

Julian stand auf und streichelte Micki zart.

Micki sah nur kurz auf und beendete dann sein Frühstück.

Julian trug Micki zum Reisekorb. Da Micki ein überaus intelligenter Kater war, wußte er, daß es wieder auf Reisen ging.

»Steig zur Probe in deine Sänfte«, forderte er Micki auf.

Micki hüpfte in den Korb. Das Theater wie auf seiner ersten Reise sollte nicht wieder vorkommen. Micki hatte keine Angst mehr vor diesem Transportmittel. Seine Schnurrhaare kitzelten die Stäbe des Korbes. Micki war einverstanden, mit Julian zu verreisen.

»Micki, Bettina freut sich, wenn ich dich mitbringe«, fuhr Julian in seinem Dialog fort. »Außerdem weiß ich dann, daß du nichts Dummes anstellst.«

Zwei Tage wollten sie bei Bettina bleiben. Nachdem Julian das Nötigste für sich und Micki eingepackt hatte, rief er ein Taxi, und sie fuhren zum Bahnhof.

Aus der Gegenrichtung, dem Seidelbachtal, kam gerade das altersschwache »Bähnle« angekeucht, vollgestopft mit »Hintertälern«. Der letzte Waggon sah etwas seltsam aus und erregte Julians Aufmerksamkeit. Es war ein fahlgelber Güterwaggon, aus dem blökende Stimmen kamen, die sich mit dem Blök-Pfeifton des Bähnle mischten. Durch die lebende Fracht hatte das

Bähnle die für das Hintertal beachtliche Länge von vier Waggons erreicht.

Das Bähnle hielt, einige Fahrgäste stiegen aus, überquerten ein Gleis und gingen unter der geöffneten Schranke durch, vor der der Ein-Mann-Bedienstete der Deutschen Bundesbahn, seines Zeichens Bahnhofsvorsteher, Schalterbeamter, Gepäckabfertiger in einer Person, mit Dienstmütze aufrecht stand.

Es blökte im Chor über die zwei Bahngleise hin. Julian schaute auf die himmelblaue Uhr. Das angekommene Bähnle in Richtung Kreisstadt war bereits drei Minuten überfällig. Es hätte schon abfahren müssen. Niemand schien das zu stören. Am wenigsten den Seidelbacher Bahnhofsvorsteher, der keine Anstalten machte, das Abfahrtssignal zu geben.

Julian und Micki waren mit den anderen Fahrgästen eingestiegen und warteten auf das Pfeifsignal.

Kam das Bähnchen ausnahmsweise einmal pünktlich auf die Minute, taten die Talbewohner sehr überrascht und nickten sich anerkennend zu. Es galt ja auch, mit diesem altersschwachen Vehikel kurvenreiche Steigungen, vorbei an dichten Felswänden, zu überwinden. Da mußte sich das Bähnle schon arg anstrengen.

Erst ab Seidelbach wurde die Bahnstrecke wieder flach.

Ein Transporter fuhr auf den Bahnsteig, und drei Männer stiegen aus. Sie trugen Arbeitsanzüge und Gummistiefel. Der Bahnbeamte von Seidelbach öffnete den hintersten Waggon, und eine Herde blökender Schafe stürzte, rutschte, kugelte über eine schräge Rampe auf den Bahnsteig, angetrieben von drei laut rufenden Männern, die die Herde in Richtung Transporter trieben, der dicht an das Bähnle herangefahren war.

Zuletzt stieg vorsichtig, Fuß vor Fuß setzend, ein alter Esel aus, gefolgt von einem Mann mit Schäferumhang, der gemeinsam mit seinem Huftier in den Transporter zu seiner Herde stieg.

Mitten in der Herde tummelte sich der Hirtenhund. Wer weiß, wo die Fracht hingehen sollte. Die Fahrgäste folgten an den Fensterscheiben dem nicht alltäglichen Geschehen.

Micki interessierten die komischen Vierbeiner ebenfalls. Aus sicherer Distanz sah er ihnen von seinem Reisekorb aus zu, den Julian auf die herausziehbare Tischplatte gestellt hatte.

»Die werden sicher zu irgendeiner Auktion gebracht«, mutmaßte ein Mitreisender. »Sie sehen so geschniegelt aus.«

Micki fand die Schafe beinahe so unsympathisch wie Herrn Anfangs Hund. Sie waren fast so groß und machten ebenfalls Krach.

Das Bähnle hatte jetzt acht Minuten und dreißig Sekunden Verspätung und mußte noch einmal ganze zwei Minuten warten, bis das »Gegenbähnle« aus der Kreisstadt abgefertigt worden war.

Endlich gab der Herr Bahnhofsvorsteher das Abfahrtssignal.

»Freust du dich auch so auf Bettina wie ich?« fragte Julian Micki. Sie blickten sich im geheimen Einverständnis an. Heute schien der Tag der außergewöhnlichen Kleinstadtereignisse zu sein.

Beim nächsten Halt staunte Julian nicht schlecht.

Auf dem leeren Bahnsteig saß eine rothaarige Katzenschönheit mit schillernden hellen Augen, mutterseelenallein und musterte das herannahende Bähnle mit ruhigen Augen.

Micki in seinem Korb hatte die Katzenschönheit ebenfalls entdeckt, hieb vor Aufregung die Krallen gegen die Gitterstäbe, maunzte jämmerlich und wollte unbedingt heraus.

Das Bähnle kam endgültig zum Stehen. Die Rothaarige sprang elegant auf die Plattform des ersten Abteils hinter der Lokomotive, machte es sich in der Mitte der Plattform bequem, wo sie hoheitsvoll auf alles herabsah. Im ersten Abteil saßen Julian und Micki. Von hinten stieg ein Mann zu.

Micki begann langsam in seinem Käfig die

Nerven zu verlieren. So nah, und doch so weit entfernt von der Katzenschönheit.

»Auf der Plattform sitzt eine Katze«, sagte Julian aufgeregt zu dem Mitreisenden in seinem Abteil. »Gehört sie zu Ihnen?« Der Mann mittleren Alters, der eben eingestiegen war, lachte.

»Nein«, erwiderte er. »Das ist Minka. Die ist hier im Bahnhofshaus geboren. Sie gehört dem Stationsvorsteher. Die Geräusche der Bahn gehörten zu ihrer Kindheitsmelodie. Fast jeden Tag fährt sie mit diesem Zug bis zur Kreisstadt und wieder zurück. Sie ist hier bekannt. Minka verpaßt nie die Zeit.«

Julian kam aus dem Staunen nicht heraus.

»Sie meinen, sie fährt allein?« fragte er noch einmal nach.

»Sie ist von Anfang an allein gefahren, und niemals ist ihr etwas passiert«, erwiderte der Mann freundlich. »Minka ist eine leidenschaftliche Bahnfahrerin. Sie kennt die Stationen und fährt mit diesem Zug wieder zurück. Noch nie ist sie falsch ausgestiegen.«

Trotz der Geräusche hatte die schöne Minka Micki in seinem Gefängnis gewittert. Sie richtete sich langsam auf, so daß ihre erstklassige schlanke Figur voll zur Geltung kam und starrte durch die offene Abteiltür zu Micki hin.

Micki geriet derart aus dem Häuschen, daß es für ihn kein Halten mehr gab. Er hatte sich auf

Anhieb in die Rothaarige verliebt. Vergessen war die Federweiße, vergessen war Julian.

Micki steckte wütend seine Pfoten durch das Gitter und hieb Julian mit der ausgezogenen Kralle eins über den Handrücken. Auf Julians Hand zeigte sich augenblicklich ein leicht blutender roter, gezackter Strich.

Diese Seite von Micki hatte Julian nur einmal kennengelernt. Verblüfft schaute er auf seine Hand.

Jetzt begann Micki auch noch Julian anzufauchen.

Das hatte Micki mit den in der Regel guten Manieren noch nie bei Julian getan.

»Der ist nicht mehr zu halten.« Der Mitreisende deutete auf den außer Rand und Band geratenen Micki.

Julian ahnte nichts Gutes. Was würde dieses frivole Katzenweib mit dem Abenteuerblick und der unbändigen Reiselust wohl noch alles anstellen?

»Ich verstehe dich ja, daß du sehr beeindruckt bist«, versuchte Julian Micki zu beruhigen. »Aber, wenn ich dich jetzt herauslasse, gibt es ein Unglück. Es tut mir leid, Micki, du bleibst im Reisekorb. Schließlich möchte ich kein Katzendrama erleben.«

Während Micki noch immer wütend tobte, hatte sich die Rothaarige wieder gesetzt und ließ sich den Fahrtwind durch ihr seidenweiches, glänzendes Fell wehen. Sie hatte wieder einmal ihre umwerfende Wirkung auf Katerherzen ausprobiert. Das schien ihr zu genügen. Sie beachtete den tobenden Micki nicht weiter.

Micki fühlte in diesen Augenblicken keine Liebe zu Julian mehr in seinem verwundeten Herzen. Julian, sein Menschkater, der ihn nicht zu der Rothaarigen ließ. »Wir sind ja gleich da«, tröstete der Mann den verzweifelten Julian. »Für das ›Bähnle‹ ist ja hier in der Kreisstadt Endstation. Sie steigen aus, und Minka fährt wieder zurück.«

Es waren die längsten Minuten, die Julian seit langer Zeit durchstand, denn Micki hatte geradezu einen Mörderblick auf ihn gerichtet. Vor Liebessehnsucht war Micki unberechenbar und kopflos geworden. So ein leichtpfundiges Katzenetwas konnte doch nicht die schöne Harmonie zwischen ihm und Micki zerstören.

Endlich waren sie angelangt. Julian hütete sich, da auszusteigen, wo die schöne Minka saß. Er stieg mit Micki am anderen Ende aus.

Micki tobte noch immer, und Julian zog schon in Erwägung, einen Katzenpsychiater zu konsultieren. Minka saß unbeweglich auf der Plattform, schön und haushoch über dem tobenden Micki stehend. Beinahe etwas verächtlich sah sie Micki hinterher.

»Reiß dich zusammen und mach dich nicht zum Narren wegen dieses frivolen Abenteuerkatzenweibes«, fuhr Julian Micki an. Dabei betonte er scharf jede Silbe. Micki sollte wissen, daß Julian böse war. Micki hatte wohl sein Pulver verschossen und verfiel augenblicklich in apathische Unbeweglichkeit. Aus unergründlichen Augen starrte er Julian unverwandt an. So hatte sein Menschkater noch nie mit ihm gesprochen. Er beschloß jetzt, Julian keines Blickes mehr zu würdigen, während sie rasch den Bahnsteig entlanggingen. Die Rothaarige war außer Sichtweite und aus Mickis Leben geraten.

Am Anfang des Bahnsteigs, an der Treppe, wartete Bettina.

Julian und Bettina fielen sich in die Arme. Dann beugte sich Bettina zu Mickis Reisekorb, streckte einen Finger durch die Stäbe und streichelte sanft sein Gesicht. »Da bist du ja, du alter Wiesenmauser, du«, sagte sie sanft zu Micki.

Bettina hatte ihr Auto auf dem Bahnhofsvorplatz stehen. Sie fuhren nach Baden-Baden, Mikki im Reisekorb auf dem Rücksitz.

Während der Fahrt erzählte Julian von diesem Katzenweib, das Micki so um den Verstand gebracht hatte. Bettina lachte laut.

»Mir war nicht zum Lachen zumute«, sagte Julian. »Micki hat sich sehr schlecht benommen und mir sogar eine heruntergehauen.« Er zeigte Bettina seinen Mickiriß auf der Hand-oberfläche.

Bettina drehte sich lächelnd zu Micki um, der ihr einen seiner »Kein-Wässerchen-Trüben-Blicke« zuwarf.

»Man kann dir einfach nicht böse sein«, sagte Bettina zu Micki.

Julian und Micki, der sich wieder beruhigt hatte und keinen Katzenpsychiater brauchte, verlebten gemeinsam mit Bettina zwei wunderschöne Tage. Micki durfte über Tisch und Bänke gehen, wurde nach Strich und Faden verwöhnt und fühlte sich wohl.

Bettina fuhr Julian und Micki mit dem Auto zurück. Julian war froh, nicht mit der Bahn fahren zu müssen.

Vor dem Bahnübergang mit der geschlossenen Schranke mußten sie warten.

Das Bähnle fauchte asthmatisch heran.

»Sieh dir das an«, sagte Julian zu Bettina und deutete auf die Plattform hinter der Lokomotive. Rasch warf er einen Blick auf Micki, der auf dem Rücksitz im Reisekorb tief schlief.

Auf der Plattform saß die schöne Minka, ließ sich den Wind übers Fell wehen und gab sich pünktlich, wie immer, ihrer Bahnfahrerleidenschaft hin.

Micki hilft Strom sparen

Auf dem Transformatorenhäuschen der Elektrizitätswerke, das von Efeu umwachsen war und auf dem Steinweg hinter der Hangwiese stand, saß Micki und schaute sich den Morgen an. Der Morgen war frisch gewaschen nach dem nächtlichen Regen und schien Micki anzulächeln.

Von hier aus konnte man die ganze gewundene Straße entlangsehen.

Micki war schon früh auf den Beinen gewesen. Das Häuschen gehörte zu einem seiner Lieblingsplätze. Als geborener Katereinzelgänger sah Micki gern die Dinge auf Distanz, hatte jedoch alles im wachsamen Blick.

Der Herbstmorgen sang in den Efeublättern, flüsterte in den umstehenden Büschen, kokettierte mit dem bunten Herbstlaub an den Ahornbäumen. Micki hörte zu, war eins mit sich und der Welt und wäre beinahe in seinen Döszustand verfallen, in dem er sich selber ausknipste wie ein Licht. Dann war er weit entfernt von der Realität, in seinem übersinnlichen Katzenreich.

Aber, bevor Micki sich einrollte wie ein makelloses C, kam ein Auto der Stadtwerke direkt auf das Transformatorenhäuschen zu.

Micki flüchtete in den Ahornbaum, das Fell gesträubt wie eine gegen den Strich gebürstete Punkerfrisur. Seine Schnurrhaare vibrierten ärgerlich wegen dieser Störung.

Wie konnte dieses laute Ungetüm es wagen, ihn aus seiner Katermeditation herauszureißen?

Zwei Männer mit Reinigungszubehör stiegen aus, gingen zum Häuschen und schlossen die Eisentür auf. Auf dem viereckigen Häuschen war noch eine Klappe, die jetzt von innen geöffnet wurde.

Micki beobachtete alles genau, verhielt sich jedoch so still, daß niemand ihn bemerkte. Es summte so schön gleichbleibend und beruhigend aus dem Häuschen, und Micki stellte zu seinem Erstaunen fest, daß das Transformatorenhäuschen beinahe genauso gut wie er schnurren konnte.

Die Männer begannen mit ihren Wartungs- und Reinigungsarbeiten. Dann legten sie eine kurze Pause ein und gingen zum Auto.

Micki sondierte das Terrain. Noch immer sang das Häuschen so schön und lockte ihn mit seiner offenen Klappe. Geschmeidig glitt Micki den Baumstamm herunter und sprang dann mit einem kühnen Satz durch die Öffnung in das In-

nere des Häuschens, in dem ein Marathonober-
schnurrer sitzen mußte, der seine Neugier erregte. Den Oberschnurrer wollte Micki kennen-
lernen.

Vorsichtig schnupperten seine Schnurrhaare,
um den Oberschnurrer ausfindig zu machen.
Dabei sprang Micki auf eine Art Hebel. Es
zischte wütend und gab eine Stichflamme, so
daß Micki entsetzt und blitzschnell zurückprallte. Auf einmal hörte er auch das Schnurren nicht
mehr.

Eingehend betrachtete Micki seine rechte Pfote, die ihm bei seinem plötzlichen Absprung
weh getan hatte. Er wagte sich nicht zu rühren,
war jedoch beim geringsten Geräusch zum
Rückzug bereit.

Die Männer im Auto hielten noch immer ihre
ausgiebige Frühstückspause, unterhielten sich
und aßen dabei ihre Brote.

Herr Anfang kam aus dem Haus, blickte scharf
zum Stadtwerkeauto hinüber und rief den Männern, die die Tür des Autos offengelassen hatten,
laut zu: »Müßt ihr ausgerechnet jetzt den Strom
abschalten? Ich wollte gerade Kaffee trinken.
Außerdem hättet ihr ja Bescheid sagen können.«

Überall öffneten sich Fenster.

»Wieso hat das nicht in der Zeitung gestanden?« fragte eine Frau. »Da hätte man sich doch
darauf einrichten können.«

Die beiden Männer hörten zu essen auf und sahen sich an.

»Hast du den Strom abgeschaltet, Erich?« fragte der Ältere.

»Nee, keine Spur. War doch nicht nötig bei unseren Wartungsarbeiten.«

»Haben die Leute im E-Werk etwa aus irgendeinem Grund generell den Strom abgeschaltet?« wandte der Ältere ein.

Inzwischen war Herr Anfang zum Auto gekommen, mit rotem, aufgedunsenem Schnapsbrennergesicht.

»Wir haben den Strom nicht abgeschaltet«, bemerkte jetzt der Jüngere zu Herrn Anfang. »Vielleicht hat es irgendeinen Defekt gegeben. Ich werde gleich einmal nachsehen.«

»Darf ich einmal bei Ihnen mit dem E-Werk telefonieren?« fragte sein Kollege Herrn Anfang. Herr Anfang bejahte.

Der ältere der Männer ging mit zu Herrn Anfangs Haus, vom Gebell des Hundes empfangen, während Erich zum Transformatorenhäuschen stapfte. Er nieste lauthals mehrere Male hintereinander.

Micki kauerte gespannt in seinem Winkel, hörte die knirschenden Schritte, das donnernde Niesen und sauste gehetzt aus der Klappe wie eine Sprungfeder in hohem Bogen an dem verblüfften Erich vorbei, in Richtung Heimatwiese, wo er durch seinen eigenen Katzeneingang, der ihn als Junggeselle unabhängig machte, verschwand.

»Das gibt es doch nicht«, sagte Erich laut, ging ins Häuschen, erfaßte als Elektriker sofort die Situation und schüttelte den Kopf.

Inzwischen war sein Kollege herangekommen. »Die im Werk wissen nichts von einem Stromausfall hier«, sagte er.

»Können sie auch nicht«, schmunzelte der Jüngere. »Der Übeltäter war ein Katzenvieh, das wie der Blitz an mir vorbeigesaust ist. Die Katze hat an einem der Transformatoren einen Kurzschluß verursacht. Ein Wunder, daß sie nichts abbekommen hat.«

»Das ist ja ein dicker Hund«, entgegnete der Ältere.

Dann machten beide sich daran, den Schaden zu beheben, was in kurzer Zeit geschafft war.

»Was war denn los?« wollte nun auch Herr Anfang wissen. Er wollte immer alles genau wissen, auch Dinge, die ihn nichts angingen.

Erich erzählte Herrn Anfang die Geschichte und brach in schallendes Gelächter aus. »Das habe ich noch nicht erlebt«, sagte er. »Da will uns doch so ein Katzenvieh ins Handwerk pfuschen. Die Katze muß direkt auf den Haupthebel gesprungen sein und hat somit das gesamte Viertel hier lahmgelegt.«

Die Männer von den Stadtwerken lachten im Duett. Nur Herr Anfang lachte nicht. Sein Schnapsbrennergesicht wurde noch röter.

»Wo ist denn die Katze hingelaufen?« fragte er mit verkniffenem Gesicht.

Erich zeigte zum Hanghaus. »Dorthin«, erwiderte er.

»Dachte ich es mir doch«, antwortete Herr Anfang, der Julian und Micki von Anfang an nicht leiden konnte.

»Dieser verdammte Kater von dem Kunstmaler ist ein richtiger Unruhestifter«, sagte er erbost. »Dauernd treibt er sich in der Gegend herum, verprellt meinen Hund und läuft unter die Autos. Ein Wunder, daß er noch nicht überfahren wurde. Das ist so ein richtiger unbürgerlicher Kater. Aber wie ›der Herre, so's Gescherre‹«, sagte er hämisch.

»Ja, aber jetzt ist alles wieder in Ordnung«, beruhigte Erich Herrn Anfang.

Die Männer setzten ihre Wartungsarbeiten fort.

Julian hatte von dem Stromausfall nichts mitbekommen. Den ganzen Morgen arbeitete er ununterbrochen im Atelier.

Als er jetzt in die Wohnküche ging, um sich einen Kaffee zu machen, klingelte es herrisch an der Haustür.

Draußen stand Herr Anfang.

»Kommen Sie doch herein«, forderte ihn Julian freundlich auf.

»Nicht nötig«, sagte Herr Anfang steif. »Das, was ich Ihnen zu sagen habe, kann ich auch hier sagen.«

Er blieb stocksteif auf der Schwelle des Hauses stehen.

»Schießen Sie los«, ermutigte ihn Julian.

»Wissen Sie, was Ihr verdammter Streunerkater angerichtet hat?« fragte er lauernd mit glitzernden Augen.

»Nein«, erwiderte Julian. »Aber Sie werden es mir sicher gleich sagen. Was hat Micki denn getan?«

»Er hat für mindestens zwanzig Minuten die Stromzufuhr im ganzen Viertel lahmgelegt«, trumpfte Herr Anfang auf und erzählte ihm haarklein Mickis Mißgeschick.

Julian brach in lautes Gelächter aus. Das war wirklich zu komisch.

»Über so etwas können Sie wohl auch noch lachen?« fuhr Herr Anfang mißgelaunt fort. »In Zukunft sollten Sie besser auf diesen Ausbund von einem Kater aufpassen.«

»Katzen sind unabhängige, stolze, freiheitsliebende Tiere. Sie lassen sich nicht an die Leine legen wie Ihr armes Schwein von geducktem Hund.« Julian ließ Micki doch nicht von diesem Mickmännchen beleidigen.

Jetzt war Herr Anfang beleidigt. Grußlos ging er davon.

Julian knallte die Tür hinter ihm zu, was sonst nicht seine Art war.

Micki sprang erschrocken aus seinem Schlafkorb, wohin er sich nach seinem Morgenabenteuer verzogen hatte und kam auf Julian zugelaufen.

»Entschuldige, Micki«, sagte Julian und streichelte ihn. »Dieser kleinkarierte Spießer bringt mich in Wut.«

Dann setzte sich Julian mit Micki in Tante Kasimiras Sessel und sprach liebevoll auf ihn ein.

»Ich weiß, mein alter Wiesenmauser, du, du hast den Stromausfall nicht beabsichtigt. Es war einfach ein Mißgeschick, wie es jedem Kater und Menschen passieren kann. Du hast es nicht böse gemeint, du wolltest wohl nur Strom sparen helfen?« Jetzt lachte Julian wieder laut.

Julian und Micki blickten sich an. Eine Künstler- und eine Katerseele, die ein Geheimnis verband.

Micki und die Reisevorbereitungen

*W*enn wir unser Preisgeld verreisen wollen, sollten wir das jetzt, Anfang Oktober, tun, und ich weiß auch schon wohin: nach Portugal. Dort ist es jetzt am schönsten, und das Land ist ein alter Traum von mir«, sagte Julian an diesem Tag zu Micki. »Was sollen wir sonst mit dem Geld anfangen? Du weißt, als Maler sammle ich Eindrücke, Licht und Farben und kehre dann mit einem ganzen Korb voll Anregungen heim.«

Mit Bettina war schon alles abgesprochen. Gemeinsam wollten sie in einem Ferienhaus in Lissabon für zwei Wochen Urlaub machen.

Micki schnurrte vor sich hin.

»Dir ist es also schnurregal«, fuhr Julian fort. »Dann gehe ich gleich morgen ins Reisebüro und lasse mir Flugtickets reservieren.« Am nächsten Tag informierte sich Julian über alles Nötige, besonders über die Einreisebestimmungen für Katzen.

Dazu gehörten Impfungen, Transportbestimmungen usw.

Für Ende der nächsten Woche buchte Julian

für Bettina, Micki und sich den Flug von Frankfurt nach Lissabon.

Im Gegensatz zur Bundesbahn, wo Katzen keine Fahrkarte benötigten und kostenlos als »Gepäck« im Abteil mitreisen durften, benötigte Micki für den Flug ein eigenes Ticket.

In den nächsten Tagen traf Julian alle Vorbereitungen, die nötig waren. Micki war bereits Bahn- und Autofahrten gewöhnt, und Julian hoffte, daß ihm auch die Flugreise nichts ausmachen würde.

Zunächst setzte Julian Micki im Badezimmer auf die Waage, obwohl Micki heftig protestierte, blieb er aber doch für einen Augenblick sitzen. Er ließ sich nun einmal nicht gern irgendwo hinsetzen.

»Sei brav, ich muß genau wissen, wieviel du wiegst«, ermahnte er Micki. »Bis zu zwölf Pfund darfst du im Passagierraum mitfliegen, sonst mußt du in den Transportraum, und das wollen wir beide uns doch ersparen.« Micki hielt einen Moment widerwillig still. Er wog sechseinhalb Pfund. »Da brauche ich dich wirklich nicht auf Diät zu setzen«, freute sich Julian. Micki sprang von der Waage und lief zu seinem Katzenkorb.

Ein sanfter Wind wehte von den Rebhängen, die Trauben waren gereift und wurden nun geerntet. Der Mischwald hatte sein buntes Kleid angelegt. Mickis Wiese, sein schönster Tummelz, verlor das intensive Grün und bekam einen Stich ins Fahlgelbe. Die Äpfel zeigten, je nach Sorte, ihre roten, gelben und grünen Gesichter, einige lagen im Gras, von Insekten umsummt.

Manchmal rollte Micki einen Fallobstapfel wie einen Ball durch das Gras, bis er zerplatzend auf die Straße fiel.

»Heute müssen wir zum Doktor und dich impfen lassen. Ohne Impfpaß lassen die Portugiesen dich nicht einreisen«, sagte Julian zu Micki, der im Korb vor sich hindöste.

Es war Julians erster Tierarztbesuch mit Mikki seit langer Zeit. Micki hatte zwar früher schon Impfungen bekommen, aber da er kerngesund war, war ein Tierarztbesuch Seltenheit geworden.

Micki bestieg am Nachmittag seine Sänfte, ohne zu protestieren, und Julian trug ihn zu Dr. Groß. Die Praxis des Tierarztes erlebte nicht gerade einen Patientenboom, genauer gesagt, befand sich nur eine australische Wüstenmaus in einem durchlöcherten Karton im Wartezimmer, den eine ältere Dame auf dem Schoß hielt.

Micki witterte sie sofort und bekam seinen starren, weiten Jägerblick, während die Dame beim Anblick Mickis in ein erschrockenes »Um Gottes willen, eine Katze« ausbrach, obwohl Micki in seinem Gefängnis bestimmt nichts anstellen konnte. Aber das Mauseherz der Dame stand auf Sturm. »Mein armer Hugo«, wisperte sie.

In diesem Moment erschien der Tierarzt im Wartezimmer und bat Hugo, den Mäuserich, ins Sprechzimmer. Dr. Groß war ein junger Mann mit sympathischen, strahlendblauen Augen und einer sanften Stimme, die kein Tier erschrecken konnte. »Wie geht es Hugo heute?« fragte er liebenswürdig die Dame und nickte Julian und Micki freundlich zu.

Dann schloß sich die Tür hinter ihnen.

Mickis Blick sprach noch immer Jägerbände, stumm fixierte er die Tür. Dann sah er vorwurfsvoll Julian an. Warum hatte sein Menschkater ihn nicht aus dem Gefängnis gelassen, damit er seinem Jagdvergnügen nachgehen konnte? Sein Jägerinstinkt hatte doch genau gewittert, was in dem Karton verborgen war.

Es dauerte nicht lange, und die Dame mit Hugo, dem Wüstenmäuserich, kam heraus. Die Dame ging schnell an Micki vorbei nach draußen. Der Herr Doktor ließ den Privatpatienten Micki nun bitten. Einen flüchtigen Augenblick dachte Julian daran, wie es sein würde, wenn es eine Krankenkasse für Tiere gäbe. Bei den jetzigen Gegebenheiten konnten manche Tiere ihren Besitzern lieb und teuer werden.

»Komm, Micki«, lockte Dr. Groß mit sanfter,

dunkler Stimme. Julian hob Micki aus dem Korb und setzte ihn auf den Behandlungstisch, wo Micki sich erst um seine eigene Achse drehte, während Dr. Groß ihn zu streicheln versuchte.

Sein Katerinstinkt mochte nun einmal diese unbehagliche Arztatmosphäre nicht, auch wenn der Herr Doktor noch so sanfte blaue Augen hatte. Allein den Geruch konnte Micki nicht ausstehen, es roch zu steril und sauber.

Dr. Groß untersuchte Micki zunächst und zog dann eine Spritze auf, nachdem Julian ihm sein Anliegen vorgebracht hatte.

»Halten Sie ihn am besten fest«, forderte Dr. Groß Julian auf.

Micki ließ sich festhalten. Aber nur so lange, bis das häßliche glitzernde spitze Ding auf ihn zukam. Micki fauchte die Spritze an, ließ sich nicht mehr von Julian halten und duckte sich unter den Behandlungstisch, wohin er mit einem Sprung gelangt war.

Dr. Groß rief seine Assistentin herein. Zusammen mit Julian hielten sie nun Micki fest, der flehentliche Blicke zu Julian schickte. Dann ging alles sehr schnell. Im Nu hatte Micki seine Spritze im Fell, spürte diesen spitzen Schmerz, sagte kläglich »Miau« und staunte dann, daß alles schon vorüber war.

Dr. Groß streichelte Micki noch einmal. Dann trug Julian ihn wie kostbares Porzellan zu seinem Katzenkorb, wo Micki sich waidwund in die weiche Decke kuschelte, den Kopf auf die Vorderpfoten legte, die Augen schloß und von der Welt nichts mehr wissen wollte.

Julian bekam noch einige Verhaltensregeln mit auf den Weg, bezahlte in bar und ließ sich dann mit dem Taxi nach Hause fahren, um den verschreckten und strapazierten Micki so schnell wie möglich in Tante Kasimiras Sessel zu bringen, wo er sich ausruhen sollte.

An diesem Tag lehnte Micki jegliche Nahrungsaufnahme ab, was Dr. Groß vorausgesagt hatte. Er hatte genug von dem Impfmittel. Dann verfiel Micki in Dauerschlaf. Mehrere Male in dieser Nacht schlich der besorgte Julian zu Mikki, um nach ihm zu sehen. Aber der gesunde und robuste Micki, der durch sein Leben in freier Wildbahn abgehärtet und nicht verzärtelt war, blinzelte nur einmal kurz und schlief dann tief und friedlich weiter.

Durch die unruhige Nacht schlief Julian erst am Morgen tief ein. Er wurde geweckt durch einen fordernden Trommelwirbel an seiner Schlafzimmertür. »Miau, miau, mach auf«, forderte Micki. »Ich habe Hunger.«

Julian blickte auf die Uhr. Es ging auf Mittag zu.

»Armer Micki«, murmelte er und sprang schnell aus dem Bett. Seit gestern morgen hatte

Micki nichts mehr gefressen. Da wurde es jetzt Zeit. Mit zerzausten Haaren lief Julian die Treppe hinunter, Micki hinterher, laut miauend.

Micki bekam ein fürstliches Frühstück zu Mittag. Heißhungrig und schnurrend machte er sich über das Fressen her, während Julian erst einmal einen starken schwarzen Kaffee trank.

»Nun kann die Reise beginnen, du bist gerüstet, Micki«, sagte Julian.

Der Nebel schwang wie ein Vorhang auf, als wolle er den Blick freigeben in jene weite ferne Welt, der Julian und Micki entgegenfliegen würden.

Micki und die portugiesische Streunerin

*B*ettina hatte das Auto in der Flughafengarage abgestellt, zusammen mit Julian und Micki hatte sie sich einchecken lassen, und nun saßen sie einträchtig im Flugzeug nach Lissabon auf ihren Plätzen; Bettina am Fenster, Micki in der Mitte und dann Julian. Mickis »Gepäck« war in einem kleinen Transportkoffer untergebracht. Die Leine zum Anleinen beim Start hielt Julian parat. Aus Sicherheitsgründen, falls Micki unruhig reagierte, würde er beim Starten und Landen angeleint.

Bis jetzt saß Micki ruhig in seinem Korb und blickte sich interessiert um. Die Maschine war nicht ganz ausgebucht.

Während sich die Passagiere jetzt anschnallten, leinte Julian Micki an, nachdem er ihn auf seinen Schoß genommen hatte. Das Anleinen hatte Julian vorher mit Micki geprobt, so daß Micki nicht protestierte.

Als die Maschine zum Start ansetzte, duckte sich Micki in Julians Schoß, schloß die Augen, obwohl er lieber bei dem Lärm seine empfindlichen Ohren geschlossen hätte und beschloß, sich für diese dröhnenden Motorenminuten von der Welt eine Weile zu verabschieden, indem er zu dösen begann.

Als die Maschine schließlich ruhig in den Oktoberhimmel glitt, öffnete Micki die Augen wieder, setzte sich auf, schlang sein Schwänzchen mit den gestromten Linien anmutig um sich selbst und begann, mit sich und der Welt zufrieden, zu schnurren. Micki schnurrte den Oktoberhimmel an.

»Micki mag das Fliegen«, sagte Julian erfreut zu Bettina, die in ihrer hellblauen Hose und dem leichten weißen Pullover sehr hübsch aussah. Die leise Vibration des Düsenclippers schien Micki zu behagen.

Micki hatte nur ganz wenig zu essen bekommen.

»Ein bißchen mußt du schon hungern«, sagte Julian zu ihm. »Aber wenn wir erst in unserem Ferienhaus sind, bekommst du eine First-class-Mahlzeit, das verspreche ich dir.«

Die Maschine war gegen Mittag von Frankfurt aus gestartet, hatte Frankreich und Spanien hinter sich gelassen. Jetzt landeten sie am Nachmittag, bei strahlendem Sonnenschein, auf dem Flugplatz von Lissabon. Micki hatte sich vorbildlich verhalten. Die meiste Zeit hatte er gedöst.

Micki machte seine Augen erst wieder auf, als

Julian ihn die Gangway hinuntertrug in die wie Champagner prickelnde Luft.

Ein feiner, zarter Umbraton schimmerte über dem Boden, ein Hauch von Afrika wehte die Passagiere an. Julians Künstleraugen nahmen die Farben und das helle, durchscheinende Licht in sich auf. Es roch nach der Nähe des anderen Kontinents.

Nachdem das Reisegepäck auf dem langen Fließband angerollt war, sahen sich Bettina, Julian und Micki von zwei kleinen, wurzelähnlichen, mageren Männern in Hemdsärmeln umringt, die ihnen mit freundlichen Gesten zu verstehen gaben, daß sie das Gepäck befördern wollten.

Eine ganze Armada solcher Männer fixierte die Neuankommenden, um ihnen ihre Dienste anzubieten. Als jetzt der Kleinere nach Mickis Katzenkorb griff, bedeutete ihm Julian bestimmt, daß nur er dafür zuständig war. Micki war kein Gepäckstück, das man so einfach einem Fremden überließ.

Sie folgten den Männern aus der Halle auf die Straße. Einer der Männer legte zwei Finger in den Mund und stieß einen durchdringenden Pfiff aus. Daraufhin schoß ein vorsintflutliches, abenteuerliches Taxi heran.

Die portugiesischen Transporthelfer erhielten von Julian ein zufriedenstellendes Trinkgeld in

Escudos, bedankten sich höflich und flitzten davon, zuürck in die Halle, um nach neuen Kunden Ausschau zu halten. Der Fahrer, die Zigarette zwischen den Lippen, legte einen halsbrecherischen Fahrstil vor unter ständiger Benutzung der Hupe, die Micki so erschreckte, daß er sich in seinem Korb zusammenrollte und sich selbst wieder einmal ausschaltete.

Das brodelnde, bunte, von prickelnder Luft überwehte Portugal nahm sie auf. Sie fuhren breite Avenidas entlang, an malerischen Häusern vorbei, die Balkone mit überquellender Blumenpracht trugen. An manchen Außenfenstern waren Käfige mit exotischen Vögeln befestigt. Die Stadt schien zu singen und zu klingen im flirrenden Spätoktoberlicht. Das Taxi fuhr jetzt durch schmale, winkelige Gassen, die bergauf führten. Weit unten glitzerte Lissabons Fluß, der Tejo. Eine uralte, einmal gelbe Straßenbahn, bahnte sich gemächlich ihren Weg eine schmale Straße der Alfama hinauf. Aus einem geöffneten Fenster erklang Fadomusik.

Das Ferienhaus lag hoch oben auf einem der sieben Hügel Lissabons mit einem weiten Ausblick über die Stadt und den Tejo. Eine steile Steintreppe führte zu einem tropenblumenprächtigen Garten empor, in dem das Ferienhaus unter alten Bäumen stand. Eine Steinmauer umgab den Garten. »Wie wunderschön«, sagte Julian andächtig, als sie am Fuße der Treppe standen.

Der Taxifahrer half ihnen, das Gepäck hinaufzutragen. Tief unten, auf dem ruhig dahinströmender Tejo, sahen die farbenfrohen Ausflugsboote wie seltene Falter aus.

Julian und Bettina blickten sich an, ganz dem Zauber dieser Stadt hingegeben.

Aus einem Haus, am Ende der steilen Straße, kam der Verwalter des Ferienhauses, der das Taxi hatte kommen sehen. Er brachte den Gästen den Schlüssel.

»Willkommen in Lissabon«, sagte er in kehligem Englisch.

Durch einen Rundbogen gingen sie ins weiße Haus. Es bestand aus drei Räumen, Küche und Bad und war zweckmäßig und hübsch eingerichtet.

Im Kühlschrank fanden sie eine Flasche Rosé und Mineralwasser. Auf dem runden Tisch im Wohnzimmer stand eine Schale mit Früchten. Das war der Willkommensgruß des Verwalterehepaares. Julian und Bettina bedankten sich, befreiten Micki aus seinem Korb und ließen ihn erst einmal die neue Umgebung im Haus inspizieren.

Micki ging mit Feuereifer ans Werk, beschnupperte alles ausgiebig und setzte sich dann auf die Fensterbank, um in den Garten zu sehen.

Währenddessen packten Julian und Bettina die Sachen aus. Zuvor hatten sie Micki erst einmal etwas zu trinken gegeben.

»Falls Sie irgendwelche Wünsche haben, wenden Sie sich bitte an mich«, erklärte ihnen der Verwalter, Mister Castillo. Dann verabschiedete er sich.

Micki sprang vom Fensterbrett und miaute. Er hatte Hunger und wollte nun nach dem langen Flug endlich etwas zu essen haben. Julian bereitete ihm sein Essen, und Micki machte sich mit Heißhunger darüber her.

Danach strich er wieder im ganzen Haus umher. Er war froh, seine Freiheit wiedergefunden zu haben. Micki beschloß, sich häuslich einzurichten, indem er Julians und Bettinas Schlafzimmer für sich beanspruchte. Er rollte sich einfach auf der bunten Decke zusammen. »Nein, Micki, hier schlafen wir«, protestierte Julian. »Du weißt genau, getrennte Schlafzimmer waren von Anfang an zwischen uns ausgemacht.«

Aber Micki dachte nicht daran, das Feld zu räumen. Streng und herausfordernd sah er Julian an, die Pfoten fest in die Webdecke gekrallt. Er hatte seine »Hier-sitze-ich-und-weiche-nicht-Miene«. Das war ja noch schöner. Erst mußte er so lange in diesem Gefängnis zubringen, und dann gestand man ihm noch nicht einmal die freie Auswahl seines Schlafplatzes zu. Es war schon schlimm genug, daß er seine Wiese allein lassen mußte.

Julian trug Mickis Korb, seine Schlafdecke und Spielsachen ins Schlafzimmer.

»Du hast gewonnen«, sagte er resigniert. »Aber ich gestatte es dir nur, hierzubleiben, weil du dich so vorbildlich verhalten hast auf der Reise, du alter Wiesenmauser, du.« Julian wandte sich zu Bettina um. »Micki hat entschieden, und wir haben kein Vetorecht. Wir müssen das nach hinten in den Garten gelegene Schlafzimmer nehmen«, sagte er.

»Das gefällt mir auch sehr gut«, erwiderte Bettina und gab Julian einen Kuß.

Julian legte die Katzendecke aufs Bett. Micki rollte sich zusammen und schlief augenblicklich, nach all den Aufregungen der Reise, ein. Bettina und Julian nutzten die Zeit, um sich etwas zum Abendessen zu besorgen. Sie selbst waren auch müde und gingen an diesem ersten Abend früh zu Bett.

Micki wachte in der Nacht auf, als der Mond voll ins Zimmer schien. Ihm war, als habe er eine rauhe, fremde Katzenstimme gehört, von irgendwoher aus der Nacht. Oder hatte er das nur geträumt? Micki sprang vom Bett auf die Fensterbank und blickte in den Garten hinaus. Da das Zimmer zu ebener Erde lag, hatte er einen guten Überblick.

Zwei gelbe, harte Kätzinnenaugen starrten ihn durch das Fenster an. Auf dem äußeren Fensterbrett saß nicht gerade eine Katzenschönheit. Sie hätte eher Aussicht gehabt, in einem Häßlichkeitswettbewerb den ersten Preis zu gewinnen. Sie war mager und langgestreckt wie ein Tischlerhobel, hatte ein verwahrlostes Fell von stumpfer Sandelholzfarbe und war viel länger als irgendeine andere Katze, die Micki je gesehen hatte.

Micki starrte zurück in das eingefallene Gesicht der häßlichen Streunerin. Denn, daß sie eine wildlebende Streunerin war, bemerkte Micki auf den ersten Blick. Die Verwahrloste gab ihm mit ihren listigen Augen unmißverständlich zu verstehen, daß er herauskommen solle, um mit ihr eine heiße Liebesnacht zu verbringen. Auch Kätzinnen waren emanzipiert und ergriffen die Initiative.

Aus Neugierde wäre Micki beinahe der Aufforderung nachgekommen, wenn nicht die Wand aus Glas zwischen ihnen gewesen wäre. Die portugiesische Streunerin trommelte jetzt ungeduldig gegen das Fenster. Wie lange brauchte dieser Penner denn, um zu ihr zu kommen? Micki sah, daß die Sache aussichtslos war. Alle Fenster waren fest verschlossen, auch alle Türen. Micki miaute ärgerlich und stellte irritiert fest, daß die Sitten und Bräuche hier anders waren. Er besaß keinen eigenen Ein- und Ausgang wie daheim, war nicht mehr sein eigener, freier Herr, der sich eine Bummelnacht erlauben konnte.

Das machte ihn so zornig, daß er einen seiner seltenen Tobsuchtsanfälle bekam, zumal die Portugiesin nicht locker ließ und noch immer lockte. Micki miaute laut und wütend durch das Haus.

Julian wachte davon auf, schaltete das Licht in Mickis Zimmer an, das die Streunerin so erschreckte, daß sie mit einem Satz von der Fensterbank sprang und im Gebüsch verschwand.

»Was ist denn mit dir los?« fragte Julian und wollte den unruhig umherstreifenden Micki auf den Arm nehmen. Aber Micki wehrte sich heftig, blickte anklagend zum Fenster hin, von dem die Emanzipierte jetzt verschwunden war.

»Du möchtest raus?« fragte Julian. »Aber Mikki, das geht hier nicht. Du würdest dich eventuell verlaufen. Das mußt du doch verstehen?«

Doch Micki wollte nicht verstehen. Er war beleidigt, rückte sich auf seinem eroberten Bett zurecht und zeigte seinem Menschkater die kalte Schulter.

Der schwarze Sigi
kommt nur nachts

*W*enn du Micki nicht bald allein im Garten stromern läßt, bekommt er einen Gefängniskoller«, sagte Bettina nach vier Tagen ihres Hierseins zu Julian, als sie beim Frühstück zusammensaßen. Sie frühstückten auf der Steinterrasse, Micki saß artig bei ihnen, sah den nickenden, wippenden Hibiskusblüten und dem Oleander zu, die in verschwenderischer Fülle über die Mauerbrüstung hingen.

Hier duftete es ganz anders als zu Hause auf seiner Wiese. Micki mußte niesen und schüttelte dann sein Fell. Ein frischer Wind wehte vom Tejo her.

»Was ist, wenn Micki wegläuft und nicht wieder zurückfindet?« gab Julian zu bedenken.

»Ich glaube nicht, daß Micki sich weit hinauswagt. Er ist intelligent genug, sich nicht zu verlaufen. Das Stromern ist er doch gewöhnt«, erwiderte Bettina. »Mach dir nicht soviel Gedanken, Julian. Micki findet bestimmt immer zurück.«

Julian nickte. »Micki ist ein freilebender Kater

und keine Hauskatze. Ich glaube, du hast recht, Bettina.«

»Wir können den armen Micki doch nicht immer einsperren«, fuhr Bettina fort. Damit war Mickis Freiheit nun besiegelt. Micki, der aufmerksam von einem zum anderen geschaut hatte, sprang jetzt auf, umschmeichelte Julians und Bettinas Beine, mit hocherhobenem Schwänzchen, so als hätte er verstanden, daß die Zeit seiner Klausur vorbei war. Micki machte sich augenblicklich daran, das Gartenterrain zu erkunden, ohne zurückgerufen zu werden.

Er schritt hoheitsvoll den Kiesweg entlang, schnupperte an den wilden Gewächsen, machte seine erste Maniküre an einer knorrigen Korkeiche und ließ sich den berückenden Duft der Freiheit um die Nase wehen.

»Hoffentlich begegnet er keinem fremden Raufbold«, gab Julian noch zu bedenken.

»Oder keiner rothaarigen schönen Bahnfahrerin«, warf Bettina lächelnd ein.

Julian lächelte zurück.

»Wegen einer Rothaarigen ist schon so mancher Zweibeiner ausgeflippt«, scherzte Julian.

Bettina und Julian beschlossen, nach dem Mittagessen mit dem Mietauto in die Stadt zu fahren und abends ein Lokal in der Alfama, der Altstadt, zu besuchen, wo es Fadogesang und Musik gab.

Von jetzt an ließ Julian das Kippfenster offen, damit Micki auch nachts hinaus konnte. Micki liebte nun einmal das Stromern in der Nacht, wenn der Garten schlief und der Glanz seines Katersterns über dem Haus stand. Die Nächte waren für Katzen gemacht, weil sie weich und still und voller Geheimnisse waren, in die Micki hineinhorchte.

In den nächsten Tagen durchstromerte Micki den Garten, der seinen Abenteuergeist beflügelte mit seiner wildwuchernden Vegetation. Micki gefiel es hier, zumal er beinahe jeden Tag frische Sardinen bekam, die ihm so gut schmeckten.

Sorgfältig prägte Micki sich bestimmte Punkte ein, so daß es für ihn eine Leichtigkeit war, immer wieder zurückzufinden.

Auch in dieser Vollmondnacht zog es Micki nach draußen. Zuvor ging er zu seiner Trinkvase, die auf dem Kaminsims stand und die er sich hier auserwählt hatte. Er nahm erst einmal einen Aperitif. Hoch und würdevoll leuchtete der Mond, umtanzt von den hellen Sternen. Es wisperte und raschelte im Garten, die Büsche unterhielten sich mit den Bäumen. Nur die Blumen schliefen.

Für Micki, der Sinn für Atmosphäre hatte, gab es kein Halten mehr. Er sprang aufs Fensterbrett, glitt anmutig durch den Spalt und hinaus in die Nacht, die leisepfotig und verträumt war.

Er witterte sie sofort.

Die brettförmige Streunerin saß lauernd vor dem leuchtendroten Hibiskusstrauch, ein Abbild von Häßlichkeit, stierte zu Micki hin und gab einen rauhen, nachterfahrenen Einzelgängerlaut von sich. Sollte das nun eine Aufforderung sein, näher zu kommen?

Micki blieb vorsichtshalber erst einmal stehen und musterte die Häßliche der Nacht, zu der ein Kaktus besser gepaßt hätte als die anmutigen Hibiskusblüten. Jetzt fiel ein Mondstrahl hell auf sie. Im Mondlicht sah sie gar nicht so uneben aus. Irgendwie machte wohl ein makelloser Vollmond auch die fahlen Katzen der Nacht schöner. Ihre gelben Augen glitzerten Micki an. Und der dumme Menschenspruch: »Nachts sind alle Katzen grau« traf wohl nicht in der Katzenphilosophie zu.

Jetzt ergriff die Brettförmige die Initiative, hocherfreut, Micki zu sehen. Sie sprang in wilden Sprüngen auf ihn zu wie eine Wildkatze, was Micki als aufdringlich empfand und versuchte, ihr struppiges Fell an seinem seidenweichen zu reiben. Einen Augenblick dachte Micki an die Federweiße daheim. Aber die war weit weg, und die Streunerin ließ nicht locker. Irgendwie begann Micki Gefallen daran zu finden, so umworben zu werden, noch dazu von einer Ausländerin.

Sie umschlichen einander, während ihn die Neue rauhzärtlich ins Ohr biß, daß Micki ein paar winzige Ohrhaare lassen mußte, da gab es keinen Zweifel. Die Streunerin ging ran. Was sie machte, machte sie gründlich. Sie strömte eine geradezu erotische Aura aus, und Micki wäre kein gestandener Stromerkater gewesen, wäre er dabei hundekaltschnäuzig geblieben. Schließlich war er ein wiesenerfahrener Katzenmann in den besten Jahren. Reife Katzenmänner schienen hoch im Kurs zu stehen.

Während sie miteinander flirteten, der Mond sein helles Licht ergoß, die Blumen betörend dufteten, horchte Micki plötzlich auf. Soweit hatte dieses Brett von einer Katze ihn noch nicht gekriegt, daß seine Wachsamkeit getrübt war.

Nachtschwarz, bildschön, mit grünen Diamantaugen, stand er plötzlich wie herbeigezaubert da. Was die Streunerin an Häßlichkeit darstellte, war er an Schönheit, ein Kateradonis, dessen Makellosigkeit Micki neidvoll anerkennen mußte. Der geborene Katergentleman mit einer biegsamen Tänzerfigur und anmutigem Kopf.

Der Adonis musterte Micki mit einem gentlemanlike-uninteressierten Machoblick, das ewige Siegerstandbild.

Augenblicklich ließ die Draufgängerin Micki links liegen, lief auf den Schwarzhaarigen zu, der hoch aufmiaute und mit der Streunerin hinter der Hibiskushecke verschwand, von wo aus Micki wenig später die verzückten Schreie der Verliebten hörte.

Verdutzt saß Micki eine Weile da. Wenn ein solcher Katerschönling auf die Schmuddelige hereinfiel, mußte etwas an ihr dransein. Zweifellos hatte sie ihre Vorzüge.

»Sigi, Sigi«, rief nach einiger Zeit eine hohe Frauenstimme durch die Nacht.

Der schwarze Gigolo mußte jetzt genug von Madame Straßenkatze haben, er kam plötzlich hinter den Büschen hervor und lief in Richtung Stimme. Vielleicht hatte ihn die Liebesnacht auch hungrig gemacht. Von der Streunerin sah und hörte Micki nichts mehr. Hatte sie sich zum Erholungsschlaf niedergelegt?

Vorläufig hatte Micki genug von dieser Nacht. Die Enttäuschung und Gekränktheit lag ihm noch in allen Pfoten. Er trottete zurück in Richtung Schlafzimmer, schlüpfte durch das gekippte Fenster und rollte sich auf seiner Decke ein.

Er erwachte kurz, als sein Menschkater spät in der Nacht leise die Tür öffnete, um nach ihm zu sehen.

Von nun an kam die Streunerin nur tagsüber zu Micki. Die Nächte verbrachte sie mit dem schönen Sigi. Mickis neue Freundin des Tages führte ihn in das portugiesische Leben ein, sie unternahmen gemeinsame Streifzüge in die Umgebung. Allmählich fand er die Häßliche sympathisch. Sie konnte ein echter Kumpel sein.

Aber niemand wußte, woher sie kam und wohin sie ging. Das blieb ihr Geheimnis. Nie kam sie zu Micki ins Haus. Sie war das freie Vagabundenleben unter dem hohen Himmel gewöhnt. Obwohl Micki sie anstandshalber schon zum Essen eingeladen hatte, nahm sie die Einladung nie an. Sie war emanzipiert, konnte für sich selbst sorgen.

Ihre Nächte gehörten dem schwarzen Sigi, diesem Teufelskater, der viele Katzenherzen betören konnte. Denn der schwarze Sigi kam nur nachts. Weiß Gott, wo er sich am Tage herumtrieb. Sigi gehörte der Nacht, war ihr Geschöpf, wie die Sterne dem Himmel gehörten.

Jedesmal um dieselbe Zeit stand er unter dem Hibiskusstrauch und wartete auf die Unschöne. Der Gentleman und die Straßenlady hatten ihre eigene Romanze.

Micki saß unter dem Fenster im Garten, blickte dem ungleichen Paar nach, hörte den Tejo von ferne sein ewiges Lied singen, das voll Fernweh klang, war weder traurig noch besonders lustig, saß einfach nur da in der portugiesischen Nacht und gab sich seinem Katerdasein hin, das ihn voll in Anspruch nahm.

Auf dem Rückflug, einige Tage später, spürte

Micki, daß irgend etwas in der Luft lag, etwas das er nicht erklären konnte. Auf jeden Fall war er etwas unruhig und blickte zu der Dame auf der gegenüberliegenden Seite hin, die neben sich auf dem Sitz ein Paket hatte. Die Dame blickte auch zu Micki hin, der artig in seinem Korb auf Julians Schoß saß. Sie blinzelte, und Micki blinzelte wieder wie in einem geheimen Einverständnis.

Als sie in Frankfurt gelandet waren und auf ihr Gepäck an dem langen Rollband warteten, lächelte die fremde Dame mit dem Paket Julian und Bettina verschwörerisch zu.

»Ich sah, daß Sie mit Ihrer Katze reisten«, sagte sie mit verschmitztem Lächeln. »Ein sehr schönes, liebes Tier.«

Dann blickte sie sich verstohlen um, öffnete den Deckel des Paketes, hielt es Julian und Bettina vor die Nase und lachte wieder leise.

Julian und Bettina blickten verdutzt in das Innere des Kartons. Micki begann zu schnüffeln und zu maunzen.

»Donnerwetter«, entfuhr es Julian. »Wie haben Sie das nur fertiggebracht?«

Auf dickem Zeitungspapier lag eine weiße portugiesische Katze zusammen mit ihren vier schwarzweißen, gestromten Jungen in abgrundtiefem Schlaf. Die Jungen hatten sich eng an das Fell der Mama gepreßt.

»Ich habe sie durch den Zoll geschmuggelt an Bord des Flugzeuges«, sagte die Dame jetzt stolz. »Mutter Katze und ihre vier Jungen waren herrenlos. Sie taten mir so leid. Da habe ich sie einfach mitgenommen. Ich besitze eine Apotheke, habe ihnen ein Schlafmittel gegeben, damit sie sich nicht selbst verraten. Ich schätze, meine neue Katzenfamilie wacht erst gegen Abend wieder auf.«

Micki miaute jetzt laut. Er wollte die Katzenfamilie aus der Nähe sehen. Als ein Flughafenbeamter erschien, machte die Dame den Kartondeckel schnell zu. Die Luftlöcher hatte sie so geschickt angebracht, daß sie nicht zu sehen waren.

»Gratuliere«, sagte Julian. »Was hätten Sie nur gemacht, wenn man Sie erwischt hätte?«

»Das weiß ich auch nicht«, entgegnete die Dame lachend. »Auf jeden Fall wären die Katzen dann schon an Bord gewesen. Ich bin eine große Katzenliebhaberin. Auf unserem Gelände tummeln sich jetzt schon achtzehn Katzen, die ich aufgelesen habe. Jetzt muß ich extra einen Betreuer für sie einstellen, weil ich es nicht mehr allein schaffe, die Tiere zu versorgen.«

Die Dame verabschiedete sich und ging mit ihrer Katzenfracht lächelnd davon, nachdem sie ihr Gepäck auf einen Kofferboy geladen hatte.

»Deshalb war Micki eine Zeitlang etwas unru-

hig«, sagte Bettina zu Julian. »Er muß die Katzenfamilie gewittert haben.«

»Tolle Frau mit Mut«, murmelt Julian. »Ich
hätte mich das wahrscheinlich nicht getraut.«

Micki, der allmählich Heimatluft witterte,
rollte sich in seinem Korb zusammen, schloß die
Augen und begann, von der Federweißen zu
träumen. Vergessen waren der schöne Sigi und
die portugiesische Streunerin.

Micki lernt das Harfenspiel

*D*ie Tage in Lissabon gehörten der Vergangenheit an, das Jahr war vorübergegangen, ein neuer Ostersonntag begann, und Micki beschloß, seinen Osterspaziergang zu machen. Bettina und Julian frühstückten in der Wohnküche.

In den Vorgärten blühten die Osterglocken, Stiefmütterchen und Forsythien. Es duftete nach Frühling. Auf der gegenüberliegenden Straßenseite war in einem Vorgarten ein Magnolienstrauch aufgeblüht. Er erinnerte Micki an Portugal, denn an Düfte konnte er sich genau erinnern. Aber eben doch anders, vertrauter duftete es hier.

Die Federweiße lag zerbrechlich unter dem Apfelbaum und blickte schüchtern zu Micki hin. Bei flüchtigem Hinsehen hätte man sie für ein Osterei halten können. Was für ein Gegensatz war die Federweiße zu der robusten Portugiesin, die Micki die für Katzen schlimmsten und gefährlichsten Plätze in der Umgebung gezeigt hatte, da, wo sie herstammte.

Freudig begrüßte Micki die Federweiße. Sie schnurrte und himmelte ihn an. Schließlich wußte sie nichts von der Portugiesin, die Micki tagsüber in Anspruch genommen hatte. Die Federweiße und Micki beschlossen, gemeinsam osterzuspazieren, zumal die Luft mild und warm war.

Sie durchquerten die Hangwiese bis zu ihrem Lieblingsplatz und ließen sich dann die Frühlingssonne aufs Fell scheinen. Viele Spaziergänger waren auf zwei Beinen unterwegs. Von der Kirche klangen die Osterglocken, und der himmelhohe Schornstein der Papierfabrik paffte seine Rauchfahne in die Luft, denn dort wurde auch am Ostersonntag gearbeitet.

Micki blickte zu dem Schornstein hin, dessen Spitze er niemals erreichen würde. Der Schornstein wußte nichts von Ostern und Weihnachten, von einem geregelten Feierabend und Faulsein. Für den Schornstein war immer Alltag. Auf Lebenszeit. Der Schornstein war ein armer Hund wie der von Herrn Anfang.

Wie gut hatten es Micki und die Federweiße. Sie brauchten nicht zu arbeiten, wurden geliebt und umsorgt, waren fröhlich und frei.

»Oktavia, Oktaviaa«, rief der Federweißen Menschenkätzin. Die Federweiße erhob sich gehorsam, entschuldigte sich bei Micki, indem sie ihre Schnurrhaare an seinen rieb. Aber sie war zu sensibel, um dem andauernden Rufen zu widerstehen. Eilig lief sie davon, sah sich noch einmal nach Micki um und ging dann ins Haus, wo ihre Menschenkätzin schon in der Tür stand und sie erwartete.

Micki saß noch eine Weile träge im Gras, den Kopf stolz aufgerichtet und sah den hellen Punkten oben in den Weinbergen nach, die sich bewegten und Menschen sein sollten. Von Mickis Warte sahen sie höchstens wie Eintagsfliegen aus.

Nachdem sich Micki den Ostermorgen lange genug besehen hatte, beschloß er ebenfalls, wieder nach Hause zu gehen, wo es so herrlich nach Osterbraten duftete, den Bettina zubereitete.

Schleichend erschien Micki in der Wohnküche. Im Backofen schmorte der Braten und duftete so verführerisch für Micki, daß er es kaum erwarten konnte, seinen Teil davon abzubekommen. Auf dem Tisch stand ein Korb mit den buntgefärbten Eiern, die Julian kunstvoll bemalt hatte. Daneben lag der Eierschneider. Die gelben Eierbecher sahen wie kurzstielige Tulpen aus.

Micki blickte zur Tür. Niemand war in Sicht. Er konnte einfach den bunten fremden Dingern da auf dem Tisch nicht widerstehen. Schnell sprang er auf den Tisch, tappte in der Hast aufs Salzfaß, das etwas Inhalt auf den Tisch verstreute. Micki legte mit seinen Pfoten eine schöne

Salzstraße an, nachdem er davon gekostet hatte und es als ungenießbar einstufte. Die bunten, kugelähnlichen Gebilde schienen ihn anzulachen. Seine Samtpfote tastete nach einem roten Ei. Es kippte aus dem Korb, und Micki rollte es geschickt über den Tisch. Das machte Spaß. Zwischen seinen Pfoten rollte dieser komische Ball hin und her, über den Tischrand hinweg, wo er abstürzte und auf dem Steinfußboden einen Teil seiner Schale verlor.

Sekundenlang blickte Micki auf die bunten Splitter am Boden. Dann wandte er sich dem Eierschneider zu. Er leuchtete in der Frühmorgensonne silbern, wie fein gesponnen.

Micki, der seine experimentierfreudige Phase hatte, streckte eine Kralle aus. Sie zupfte die zarten Drähte des Eierschneiders an. Micki horchte auf das feine Plingplingpling, das gut in seinen Katerohren klang. Das war noch schöner als Eierrollen. Micki wurde immer fanatischer. Er riß und zerrte an den Saiten, daß es nur so plingte und plongte und geriet so in Rage, daß plötzlich ein Draht riß und ihm beinahe ins Gesicht gesprungen wäre. Verdutzt hielt Micki inne.

Er war so in sein Spiel vertieft gewesen, daß er nicht gehört hatte, wie Bettina mit ihrem leisen Schritt in die Küche gekommen war, um nach dem Braten zu sehen.

Erst, als sie laut auflachte, sprang Micki erschrocken vom Tisch. Er hatte sich ja gemerkt, daß Tischspringen verboten war.

Bettina lachte noch immer, als Julian ebenfalls in die Küche kam. Micki saß im Katzenkorb und hatte seine Unschuldsmiene aufgesetzt.

»Micki hat gerade das Harfenspiel gelernt«, sagte Bettina zu Julian und erzählte ihm von dem Eierschneiderspiel.

Julian blickte auf den zerrissenen Eierschneiderdraht. »Da muß er ja mindestens Wagner gespielt haben«, erwiderte er, ebenfalls lachend. Dann hob Julian das zerbrochene Ei auf, warf es in den Müll und machte die Salzstraße dem Tischboden gleich. Micki blinzelte von seinem Korb aus Julian an.

Julian blinzelte zurück. Das hielt Micki für eine Aufforderung, näher zu kommen. Es war ein Zeichen, daß sein Menschkater ihm den Sprung auf den Tisch nachsah.

»Daß du musikalisch bist, habe ich immer gewußt, du alter Wiesenmauser, du«, sagte er zu Micki. »Aber deine scharfen Krallen sind viel zu groß und zu spitz für diese Art von Harfenspiel.« Dann warf er auch den Eierschneider in den Müll. Er wandte sich noch einmal Micki zu: »Dieses Spiel solltest du höchstens den Hausmäusen überlassen, die haben zierlichere Finger.«

Micki schnurrte ein Osterlied. Das war etwas, was er wirklich gut konnte.

Micki schaltet die Welt aus

*G*anz plötzlich war der Sommer da mit heißen Tagen und warmen Nächten. Micki saß auf seiner Wiese, putzte sich ausgiebig, indem er die rechte Pfote anleckte und sie dann über seine Ohren, den Kopf und das Gesicht gleiten ließ. Dann kamen die anderen Körperteile an die Reihe. Das dauerte ziemlich lange, denn für seine Morgentoilette brauchte Micki viel Zeit.

Um Micki schwirrten die Insekten, die Zwitscherlinge in den Bäumen sangen die Zweige an, Micki hörte das leise Fiepen der Wiesenmäuse in ihren Löchern. Gleißendes Sonnenlicht lief in Kaskaden von den Weinbergen auf die Straße hinunter und hüllte sie in Glanz.

Als Micki mit der Morgentoilette fertig war, schlich er zu seiner Sommerresidenz, die er sich auf Frau Hildebrandts Terrasse ausgesucht hatte. Unter den tiefhängenden Edelsträuchern und Büschen konnte er schön träumen. Unter einem afrikanischen Exotenbusch war es still, friedlich und kühl. Niemand konnte Micki sehen. Aber Micki konnte durch die schilfähnlichen Blätter auf die Straße blicken. Micki war mit sich in Harmonie und schaltete die Welt aus. Er fiel in Tiefschlaf.

»Micki sieht mit seinem zweifarbigen Köpfchen aus, als trüge er ein Hütchen mit Schleier«, hatte Bettina einmal zu Julian gesagt. »Frieden ist für mich, eine Katze zu beobachten in ihrer vollendeten Harmonie und Ruhe«, hatte Julian daraufhin zu Bettina gesagt. »Katzen scheinen das Leben jede Sekunde intensiv zu leben und zu erfassen.«

Micki hätte an diesem Morgen noch weitergeschlafen und die Welt vergessen, hätte nicht Herrn Anfangs Hund hysterisch zu bellen begonnen. Immer mußte dieser Flegel die Mickiruhe stören.

Micki kehrte augenblicklich und ruckartig in den Sommermorgen zurück. Er hatte so schön von der Federweißen geträumt, und kurz waren ihm auch die Brettförmige und der schöne Sigi aus Lissabon erschienen.

Micki blinzelte, setzte sich auf, streckte sich. Der Briefträger kam gerade und hörte, wie es auf einmal raschelte. Langsam kam unter dem Gebüsch ein Katzenkopf hervor. Micki stolzierte in Richtung Heimathaus, um dem Bellen seine Verachtung zu zeigen. Er lief hinauf ins Atelier, um Julian etwas vorzuschnurren, der an der Staffelei arbeitete.

»Schön, daß du mich einmal besuchst hier oben«, begrüßte Julian ihn. Er streichelte Micki zärtlich über das Köpfchen. »Was verschafft mir die Ehre?«

Micki blickte seinen Menschkater liebevoll an, schnurrte, ließ sich auf den Arm nehmen und auf die Couch tragen. Julian nahm Micki auf den Schoß, neigte sein Gesicht dicht zu Mickis Schnurrhaaren, ließ sich von den Schnurrhaaren streicheln und von Mickis Schnurriade erzählen, wie er die Welt ausgeschaltet hatte, die für Katzen so schön wäre, wenn es keine bellenden Anfang-Hunde gäbe.

Micki und das Katzenkind
mit dem I-Punkt

*A*n diesem Sommerabend saß Micki auf der Mauer des Vorgartens auf der anderen Straßenseite und blickte sich um. Mit seinem Schwänzchen schloß er anmutig einen Halbkreis um sich selbst. Er hatte den ganzen Nachmittag auf dem warmen Dachboden geschlafen, dann mit seinem Menschkater zu Abend gegessen, und nun zog es ihn nach draußen in die milde Juniluft, wo die Düfte des Tages wie eine Wolke zu den Weinbergen hin schwebten.

Von irgendwoher hörte er sanftes Schnurren, zart und fern. Mickis Blattohr bewegte sich in diese Richtung, er drehte seinen Kopf halb nach hinten in Richtung des Vorgartens, aus dem das Schnurren kam.

Dann setzte er langsam Samtpfote vor Samtpfote und schlich sich an das zarte Schnurren heran. Die exotischen Büsche verdeckten ihm die Sicht, aber Micki brauchte nur seinem feinen Gehör zu folgen. Er durchquerte die Büsche und verhielt dann in gebührendem Abstand vor dem fremden, großen, modernen Hauskoloß, den er noch nicht erforscht hatte. Im Schatten einer Ro-senhecke blieb Micki stehen.

Micki lugte um die Hecke. Auf der offenen Terrasse hinter dem Haus stand ein Napf, über den sich ein winziges Katzenköpfchen beugte, rabenschwarz wie das ganze zarte Katzenper-sönchen. Direkt auf der Schwanzspitze hatte das Katzenkind einen einzigen weißen Punkt. Wie der I-Punkt auf einem I. Das Schwänzchen war noch ein kleines i. Der Katzenjunior war so in sein Abendessen vertieft, daß er Micki in seiner Entfernung nicht witterte. Micki blickte unver-wandt zu dem schönen Winzling hin.

Plötzlich verengten sich seine Augen zu Schlit-zen, was ihm in diesem Moment einen bösen Ausdruck verlieh.

Da schlichen sich doch tatsächlich zwei nicht sehr vertrauenswürdige Gestalten um die Haus-ecke, denen man die bösen Absichten schon von weitem ansah, auf das vespernde, ahnungslose Katzenkind zu.

In Micki regte sich etwas wie ein Vater-Be-schützer-Instinkt, obwohl er seines Wissens kein Vater war.

Er machte ein paar Schleichschritte in Rich-tung Katzenkind, dem Gefahr drohte. Das wür-de sogar eine blinde Katze in allen Poren spüren.

Und so war es auch.

Plötzlich sprangen der graue und der schwarzweißgefleckte Kater auf den Freßnapf zu, der so verlockend duftete, zischten dem Katzenkind ein grelles, rabaukenhaftes Keifmiauen entgegen, indem sie ihre gierigen Mäuler weit öffneten, was furchterregend und abschreckend aussah und das Katzenkind zu Tode erschreckte.

Dann stürzten sich die beiden Katzenrüpel wie auf ein geheimes Kommando auf den Napf, schleuderten das Katzenkind beiseite und begannen sich in geübter Raffgier und Schnelle die mageren Bäuche vollzuschlagen.

Micki kannte die beiden flüchtig. Sie kamen aus Richtung Papierfabrikschornstein und waren als Streuner der übelsten Sorte bekannt, hatten weder Anstand noch Manieren. Bei ihnen galt das Faustpfotenrecht. Andere Gesetze akzeptierten sie nicht.

Mickis verhindertes Vaterherz machte einen Sprung. Er schnellte vor und stürzte sich mutig mit unmickihaftem Gekreisch, das ihm selbst fremd und unschön klang, auf die Mundräuber und Störenfriede, während das verängstigte Katzenkind mit dem weißen I-Punkt auf dem Schwänzchen zitternd in der Türnische saß.

Die Mundräuber kreischten pöbelhaft zurück.

Micki versetzte ihnen rechts und links ein paar Pfotenhiebe hinter die ungewaschenen Ohren. Die Streuner wollten sich gemeinsam auf ihn stürzen, als ein wütender Mann plötzlich aus der

Tür stürzte, nach dem Gartenschlauch griff, den Hahn der Leitung aufdrehte und dem Katerpöbel mit einem gezielten kalten Wasserstrahl das Spektakel und den weiteren Appetit verdarb.

Micki hatte sich mit einem raschen Sprung in die Büsche gerettet.

»Haut ab, ihr habt hier nichts zu suchen«, rief er den sich entfernenden, gebadeten Katerstreunern nach, die eilig verschwanden.

Micki, der sich wieder hervorgewagt hatte, wurde jetzt ebenfalls von dem Mann ins Visier genommen. Ehe Micki es sich versah, bekam auch er eine tüchtige kalte Portion Wasserstrahl ab.

Offenbar hielt der fremde Mann Micki für einen aus der Mundräuberbande, was Micki zutiefst kränkte. Triefendnaß und beleidigt blickte Micki empört auf die Wasserspritze, fauchte dem Mann ein giftiges, wütendes Miau zu, das wie ein Katerschimpfwort klang, während die wahren Übeltäter sich bereits feige aus dem Wasserstrahl gemacht hatten. Micki beschloß, dieses Gelände niemals wieder zu betreten.

Das I-Punkt-Kind wurde von einer Frau auf den Arm genommen und ins Haus getragen.

Auch Micki schritt davon, den Kopf hoch erhoben, an dem die triefendnassen Haare klebten. Aber er hatte seinen Stolz und eben angeborenen

Stil. Keine Pfote würde er jemals wieder auf dieses Territorium setzen, wo man infame Wasserwerfer gegen unschuldige Kater einsetzte. Das hatte man nun davon, wenn man hilfreich war. Die wahren Übeltäter kamen, wie so oft im Menschenleben, ungeschoren davon, oder fast ungeschoren, während die unschuldigen Hilfsbereiten bestraft wurden.

»Micki, du siehst ja aus wie eine gebadete Katze, bist du in einen Swimmingpool gefallen?« fragte Julian, als Micki schwanzhängend und triefendnaß, eine Wasserspur hinterlassend, ins Haus trottete.

Micki schüttelte sich, daß die Tropfen in alle Richtungen spritzten, setzte sich in seine Küchenecke und begann, sich ausgiebig trockenzuputzen. Ihm war vorläufig die Lust auf diesen lauen Abend vergangen. Gekränkt leckte er seine seelischen Wunden, lehnte dankend das angebotene Abendessen ab und verfiel nach lang andauerndem Putzen schließlich ins Dösen, die Augen zu fernöstlichen Schlitzen zusammengekniffen, spürte die Nacht auf sich zukommen, hörte die Apfelbaumblätter flüstern und seinen Menschkater im Haus umhergehen. Aber er selbst war nicht mehr zu sprechen und hatte sein imaginäres Schild »Bitte, nicht stören« vor sein Schlafzimmergesicht gehängt.

Micki und die Zwillingsschwester

*M*icki, Micki!« Zwei spitze Ohren bewegten sich im Gras. Micki richtete sich zu seiner vollen Schönheit auf, schlich langsam in Richtung Stimme. Die Frauenstimme kannte er. Sie gehörte zu Bettina. Aber irgend etwas war anders, irritierte ihn, eine andere Nuance im Klang. Langsam kam Micki auf die Frau zu, die das gleiche Schuhstakkato wie Bettina hatte.

Micki wagte zur Begrüßung zunächst einmal ein konventionelles »Miau«, das etwas unverbindlich klang.

Die Frau sah aus wie Bettina. Micki begann leise zu schnurren in Erwartung der zärtlichen Streichelhand.

Bettinas Ebenbild beugte sich auch zu Micki herunter, aber die Frau strich nur einmal kurz über Mickis Fell, und als Micki seine Samtpfote nach ihr ausstreckte, fuhr sie erschrocken zurück. Sie glaubte wohl, er würde seine Krallen ausfahren und sie kratzen.

Micki blinzelte. Das war nicht Bettinas Streichelhand, die er kannte und liebte.

Verblüfft stand Micki vor der Frau. Auch vermißte er Bettinas »Miau!« als Erwiderung auf seinen Gruß. So begrüßten sich nun einmal liebe Freunde.

Es war nicht Bettina, konnte nicht Bettina sein. Aber wie war das möglich? Warum hatte Micki mit seinem sensitiven Gespür zunächst geglaubt, es sei Bettina? In einer solchen Situation war Micki noch nie gewesen. Unruhig wedelte er mit dem Schwanz.

»Micki, Micki!« Diesmal kam der Ruf aus der entgegengesetzten Richtung, stadteinwärts her. In genau derselben Höhenlage.

»Tack-tack-tack.«

Micki raste los, neigte sein Köpfchen zum freudigen Miau-Gruß.

»Miau«, antwortete Bettina, die vom Bahnhof her kam. Micki schloß die Augen, kugelte sich im Straßenstaub vor lauter Wiedersehensfreude, schnurrte, daß man es bis auf die andere Straßenseite hören konnte.

Sanft, sanft, streichelte Bettinas Hand über sein warmes Fell. Zärtliche Worte klangen an sein Ohr. Dann nahm Bettina Micki auf den Arm und trug ihn zu seiner Wiese, wo Bettinas Zwillingsschwester, die ihre Mutter besuchte, wartete.

»Ich habe schon mit Micki Bekanntschaft geschlossen«, sagte Gabriela zu ihrer Schwester.

»Mutter hat mir schon viel von ihrem Sommer-terrassengast erzählt.«

Bettina lächelte.

»Ich habe Micki gerufen, und er ist zu mir ge-kommen. Aber er glaubte wohl zunächst, ich sei du.« Jetzt lachte auch die Zwillingsschwester.

Bettina und Gabriela, ihre Zwillingsschwe-ster, die zu Besuch aus Amerika bei ihrer Mutter war, gingen gemeinsam mit Micki ins Haus zu Julian.

»Ich wollte dir ein Stück entgegengehen. Aber Micki hat mich aufgehalten«, sagte Gabriela zu ihrer Schwester.

Während die Zwillingsschwestern mit Julian gemeinsam ein Glas Wein in der Wohnküche tranken, beobachtete Micki unverwandt die bei-den Schwestern, die sich sehr ähnlich waren. Und doch gab es feine Unterschiede für Micki. Jetzt konnte sich Micki nicht mehr vorstellen, daß er auf das Täuschungsmanöver zunächst hereingefallen war. Bettina war anders. Das spürte Micki deutlich. Ihre Stimme war etwas dunkler, ihre streichelnde Hand zärtlicher. Auch ihr Gang war schneller.

Eine Verwechslung der beiden Frauen würde Micki bestimmt nicht wieder passieren. Aber so zwei ähnliche Typen hatte er noch nicht erlebt, was wieder einmal bestätigte, daß man in einem Katerleben nicht auslernte.

Micki kniff die Augen in seinem Schlafwinkel zu, lauschte den sich unterhaltenden Menschenstimmen nach, hätte nun auch im Döszustand Bettinas Stimme deutlich von der ihrer Zwillingsschwester unterscheiden können. Aber Micki fand die Zwillingsschwester ebenso nett und beschloß, sie in sein weites Katerherz mit aufzunehmen.

Was konnte ein Kater von Zwillingsschwestern schon wissen, wenn Zwillinge sogar der Menschenforschung noch Rätsel aufgaben?

Micki und der Duft
aus dem Schrank

Julian fuhr an einem dieser schönen Sommertage zum hoch gelegenen Mummelsee, um zu malen. Der kühle See lag unterhalb des höchsten Berges der Umgebung.

Julian stellte für Micki Trockenfutter bereit. So konnte sich Micki selbständig bedienen.

»Bleib schön brav, bis ich wieder nach Hause komme«, sagte Julian zu Micki, der ihn verständnisvoll ansah. »Ich kann dich schließlich nicht überall mit hin nehmen«, fügte er hinzu.

Micki versprach schnurrend, brav zu bleiben, begleitete seinen Menschkater noch ein Stück die Straße entlang bis zur nächsten Ecke, wo Mickis selbst abgestecktes Revier endete. Mit einem langgezogenen »Miau« verabschiedete er sich von Julian.

Micki bummelte zurück zur Wiese, setzte sich zu den Gräsern, die miteinander im Wind flüsterten. Der Sommer malte den Himmel seidenblau. Glanz lag über den Gräsern und Wiesenblumen.

Micki beobachtete von seiner Wiesenhöhe aus

die Straße. Nichts los heute. Leise rief er nach der Federweißen, die sich jedoch nicht blicken ließ. Langweiliger Morgen.

Mißmutig trottete Micki ins Haus. Er vermißte seinen Menschkater. Micki strich im Haus umher, schlich sogar ins verhaßte Atelier, wo er an der bunten Couchdecke schnupperte, die so schön nach Julian und Micki roch. Nachdem er eine offene Farbtube auf dem Tisch mit der Pfote heruntergefegt, ein paar dünne Bogen Zeichenpapier mit seinen spitzen Krallen wunderbar zu Konfetti zerratscht hatte, das konnte Julian jetzt vielleicht für eine Collage benutzen, sprang Mikki wieder die Holztreppe herab, hinein in die Wohnküche, wo er sich am wohlsten fühlte. Er schnupperte an seinem Freßnapf. Das Trockenfutter roch nach absolut nichts. Micki wandte sich ab.

Ein anderer, verlockender Duft stieg ihm in die feine Nase. Der Duft kam aus Tante Kasimiras altem Küchenschrank mit den altmodischen Verschlüssen.

Micki schlich in Richtung Schrank, umschmeichelte ihn zunächst liebevoll und schmuste ein bißchen mit ihm. Aber der Schrank blieb unerbittlich, stocksteif wie ein Besenstil, verschlossen, besaß nicht die Spur von Charme.

Micki schnupperte an den Verschlüssen, die ein wenig wackelig waren und leckte sich sein

Mäulchen. Es roch absolut verführerisch aus dem Schrank. Mit seiner rechten weißen Pfote probierte Micki an den Verschlüssen herum, die sich drehen ließen, griff mit spitzer Kralle in eine Seitenfuge. Aber es gab kein »Sesam-öffne-dich« für ihn. Eine Weile saß Micki ratlos da.

Allmählich wurde er wütend. Der verlockende Duft zog ihn magisch an, er mußte an ihn herankommen. Micki maunzte wütend den Schrank an. Warum war auch sein Menschkater nicht da, dem er seine Wünsche hätte äußern können?

Aber so leicht gab Micki nicht auf. Schließlich war er kein wehleidiges Katzenweib, sondern ein im Kampf erprobter Kater und ein Tatkatzenkopf.

Noch einmal versuchte Micki, den Verschluß mit seiner dicken Pfote zu drehen, nahm auch seine Zähne zu Hilfe. Etwas bewegte sich. Micki ließ nicht locker. Mit einem knirschenden Geräusch sprang plötzlich die alte, wackelige Schranktür auf.

Micki prallte erschrocken zurück und starrte auf das weit geöffnete Schrankmaul, aus dem es nun so betörend duftete, daß Micki sich nicht mehr beherrschen konnte.

Da lag die duftende Herrlichkeit auf einem weißen Porzellanteller, ein Stück gebratenes Fleisch mit Soßenrand.

Mit der Pfote fegte Micki den Teller herunter, der nur ein wenig an der Kante absprang, das Fleisch hopste auf den Fußboden und blieb direkt vor Mickis Nase liegen.

Micki machte sich sofort darüber her. In der Not konnte auch eine kultivierte Katze vom Fußboden essen.

Micki fraß, ohne aufzusehen. Es schmeckte einfach wunderbar. Danach leckte er die Soßenreste auf, würdigte seine sonst so geliebten Freßschüssel keines Blickes mehr, war rundum satt, ging zum Korb und fiel in seinen Mittagsschlaf.

Der Mittagsschlaf dauerte ziemlich lange. Mit gefülltem Bauch schlief es sich besonders gut.

Als Micki am Spätnachmittag mit seinem feinen Gehör die Schritte seines Menschkaters auf der Straße hörte, erwachte er, blinzelte und sprang auf, um Julian entgegenzugehen.

»Hast du auf mich gewartet, du alter Wiesenmauser, du?« fragte Julian und streichelte Micki zärtlich. Micki schnurrte sein Repertoire ab.

Gemeinsam gingen sie ins Haus.

Julian legte sein Malzeug im Atelier ab und kam dann in die Wohnküche, wo Micki ihm erwartungsvoll entgegensah.

»Was ist denn hier passiert?« fragte Julian, als er den Teller auf dem Fußboden liegen sah, glänzend blankgeleckt und leer.

Die Küchenschranktür stand offen.

Julian hockte sich zu Micki auf den Boden und sah ihn streng an.

»Vor dir ist aber auch nichts sicher«, sagte er tadelnd. »Du alter Räuber, du, wie hast du das bloß wieder fertiggebracht, mir mein Abendessen, auf das ich mich gefreut habe, das hinter Schloß und Riegel lag, zu stiebitzen? Ist das die feine Art unter Freunden, so miteinander umzugehen? Du wirst doch auf deine alten Tage nicht noch kriminell?«

Micki blinzelte etwas unsicher zurück, vergaß sein Schnurren, denn die Härte in Julians Stimme hatte ihn irritiert.

Aber Julian konnte Micki nichts nachtragen. Ja, langsam breitete sich ein Lächeln auf seinem Gesicht aus.

»Hat dieser unmögliche Kater es doch fertiggebracht, einen Schrank zu knacken«, sagte Julian laut vor sich hin. »Das ist immerhin eine beachtliche Leistung, die von Klugheit zeugt. Na, laß es gut sein, Micki, Hauptsache, es hat dir geschmeckt.«

Die alte Harmonie zwischen ihnen war wieder hergestellt.

Dann blickte Julian auf den vollen Napf mit dem Trockenfutter.

»Aber wenn du meinst, ich esse jetzt dein Menü auf, hast du dich getäuscht«, sagte er lächelnd zu Micki, »Ich mag Trockenfutter auch nicht besonders, bin schließlich keine Wüstenmaus.«

Julian schnitt sich Brot, holte Wurst aus dem Kühlschrank und begann zu essen. Micki schaute ihm mit immer noch vollem Magen zu. Den angeschlagenen Teller warf Julian anschließend in den Müll. Scherben brachten nach dem Volksmund Glück.

Als Julian sich in Tante Kasimiras Sessel setzte, faßte Micki das als Aufforderung auf, auf seinen Schoß zu springen.

Micki begann Julian vorzuschnurren, wie gut ihm das Stück Fleisch geschmeckt hatte, das dieser versperrte Schrank beherbergt hatte. Allmählich döste er ein im gemeinsamen Wärmemantel, der sie beide umgab.

Micki, der Seelentröster

Es war der vierte Sommer, den Micki und Julian nun miteinander erlebten. Die Wiese blühte wild in den Juli hinein mit Gänseblümchen, Löwenzahn, Wiesenschaumkraut, Zittergräsern und Glockenblumen und dem rundköpfigen wilden Klee. In den Apfelbäumen schaukelten sich die »Zwitscherlinge«, wie Julian die Vögel nannte.

Micki jagte den Insekten nach, horchte auf das Ziepen der Wühlmäuse unter der Erde, und wenn die Sonne in seine wunderbaren Augen fiel, sahen sie aus wie Sterne.

Im Holzhaus flüsterte die Wärme den Balken ihre eigene alte Geschichte zu, es knackte und knarrte verstohlen.

Das Atelier war in Sonnenlicht getaucht und gab Julians Gemälde auf der Staffelei einen Heiligenschein.

Und an diesem Sonnensommertag brachte der Briefträger für Julian einen Einschreibebrief von der Stadtverwaltung, der sein und Mickis Leben von Grund auf verändern sollte und Julian wie ein Pistolenschuß traf.

Auf einmal brach der Tag auseinander, zeigte Abgründe und Sprünge. Julian saß reglos mit dem Brief in der Hand in Tante Kasimiras Sessel, starrte auf die Zeilen und konnte nicht fassen, was er las.

»Sehr geehrter Herr Jordan!« stand dort. »In der letzten Gemeinderatssitzung wurde der Beschluß gefaßt, eine Hochstraße vom Seidelbachtal ins Ringellochtal zu bauen. Diese Maßnahme ist im Rahmen der Fremdenverkehrsförderung dringend notwendig und im öffentlichen Interesse. Da Ihr Haus und Wiesenhanggrundstück als einzige von dieser Planungsmaßnahme betroffen sind, bitten wir Sie, an einem der nächsten Tage bei uns während der Sprechstunden vorzusprechen. Hochachtungsvoll, Wörner, Amtmann.«

Was sollte das bedeuten? Julian ahnte Unheil. Sein Haus und die Wiese waren »betroffen«. Hieß das im Klartext, sie waren im Wege, mußten dieser verdammten Hochstraße weichen, »die im öffentlichen Interesse« lag.

In höchster Erregung ging Julian jetzt zum Telefon.

»Herr Wörner ist nicht da«, sagte die monotone träge Stimme am Stadtverwaltungsapparat.

»Wann kommt er denn wieder?« wollte Julian wissen.

»Morgen«, erwiderte die Frauenstimme.

Julian verbrachte eine unruhige Nacht. Er stand ausnahmsweise früh auf, um gleich um acht Uhr auf dem Amt zu sein.

Herr Wörner, der Amtmann, waltete an seinem kahl gefegten Schreibtisch auf nicht ganz ersichtliche Weise seines Amtes.

Julian legte ihm das Schreiben auf den Tisch und bat um eine Erklärung.

Herr Wörner machte Julian unmißverständlich klar, daß die Gemeinde für öffentliche Zwecke, das heißt für die geplante Hochstraße, Julians Grund und Boden brauchte, da sein Anwesen genau im Schnittpunkt der geplanten Maßnahme stehe. Es müßte also dem Allgemeinwohl zum Opfer fallen, so bedauerlich das auch für Julian wäre.

»Wir möchten Sie deshalb bitten, uns Ihr Anwesen freiwillig zu übertragen gegen eine entsprechende Entschädigung«, sagte Herr Amtmann Wörner.

»Freiwillig?« brauste Julian auf. »Niemals gebe ich das Haus und die Wiese freiwillig her.«

Herr Amtmann lächelte milde.

»Wenn Sie uns Ihr Grundstück nicht freiwillig übertragen, Herr Jordan, kommt es zu einer Enteignung. Widerstand dagegen kann zu materiellen Einbußen führen. Ich rate Ihnen deshalb, freiwillig diese Maßnahme zu unterstützen. Nach einem Urteil des Bundesgerichtshofes hätten Sie keine Chance, wenn Sie prozessieren«, warnte er Julian. »Eine Enteignung in diesem Falle wäre rechtmäßig«, fügte er hinzu. »Das müssen Sie doch einsehen. Schließlich bekommen Sie eine Entschädigung, damit können Sie sich ein neues Haus bauen. Das alte ist ja sowieso nicht mehr zeitgemäß«, sagte er gönnerhaft.

Julian sah Herrn Amtmann mit zornigen Augen an.

»Nicht mehr zeitgemäß?« sagte er zu Herrn Wörner. »Ich liebe das Haus und das Wiesengrundstück, verstehen Sie das? Für mich und Micki ist es mehr als nur ein Haus, es ist Heimstatt, und Micki würde seine Wiese und Heimat genauso verlieren wie ich.«

»Wer ist Micki?« wollte Herr Wörner wissen.

»Micki ist mein Kater und ihm gehört die Wiese genauso wie mein Haus. Er liebt beides genauso wie ich. Und Liebe ist unbezahlbar.«

Herr Wörner blickte Julian verständnislos an. Er lächelte süffisant.

»Na, ein Kater zählt ja nicht«, sagte er von oben herab. »Und Ihr Haus ist schon sehr alt . . .«

Weiter kam er nicht, denn Julian haute mit der Faust auf den Tisch, daß die amtlichen Stempel in ihrem Halter zu tanzen anfingen.

»Für mich zählt ein Kater sehr wohl«, sagte er mit blitzenden Augen. »Und was das Haus anbetrifft, es stand zuerst da, bevor diese neureichen protzigen Wirtschaftswunderbauten einbrachen in die Straße mit ihren Einheitsraffgiergesichtern. Mein Haus mag nicht zu diesen Neureichen passen, aber es hat mehr Würde und Charakter als alle anderen Häuser ringsherum. Es paßt harmonisch zu der Hangwiese und den Apfelbäumen.«

»Als Künstler sehen Sie das natürlich anders«, lenkte Herr Amtmann ein.

Julian erhob sich wortlos.

»Wie gesagt, prozessieren nützt Ihnen nichts und würde Ihnen nur Nachteile bringen«, warnte Herr Amtmann Wörner.

Julian ging hinaus und knallte die Tür hinter sich zu. Wenn Micki wissen könnte, was für eine Schweinerei hier passiert, würde er jedem einzelnen von euch die Augen auskratzen, dachte er erbost.

Herr Amtmann Wörner rief nach seiner Barbie-Puppen-Sekretärin, die mit frisch lackierten Fingernägeln hereinkam.

»Das nächste Mal bin ich nicht da, wenn dieser Verrückte wieder hier auftauchen sollte«, sagte er zu dem Mädchen.

Julian sah an diesem Sonnenmorgen nicht die Blumen in den Gärten, noch hörte er den Zwitscherlingen zu. In ihm war ein tiefer Schmerz wie nie zuvor. Es war einfach unvorstellbar für ihn, das Haus und die Wiese für immer aufzugeben. Niemals je zuvor hatte er sich so zu Hause gefühlt wie in Tante Kasimiras altem Haus.

Er liebte jeden Winkel, jedes Grasfleckchen auf der Wiese. Und manchmal bildete er sich ein, ein Teil des Ganzen zu sein, fest eingebunden in die innere Harmonie. Und Micki ging es bestimmt genauso. Micki war im Haus und auf der Wiese großgeworden.

Als Julian sich jetzt langsam dem Haus näherte, wurde ihm mit der Gewalt des ganzen Schmerzes bewußt, daß er bereits begann, Abschied zu nehmen.

Von Angesicht zu Angesicht standen sie sich gegenüber, Julian und das Haus. Micki war lautlos herangeschlichen, spürte die feinen, traurigen Schwingungen seines Menschkaters, umschmeichelte ihn und ging mit ihm ins Haus.

Julian und Micki setzten sich in Tante Kasimiras Sessel, und Julian erzählte, Micki von dem Unglück, das ihnen bevorstand.

»Du und ich werden unsere Heimat verlieren«, sagte er traurig zu Micki, der ihn mitfühlend ansah. »Und das alles wegen einer asphaltierten Hochstraße, auf der die Autos der Fremden den Hintertälern ihren Mammon bringen sollen. Verstehst du das, du alter Wiesenmauser, du?«

Mickis wissende Augen glänzten. Er fühlte ganz deutlich, daß sein Menschkater traurig war. Behutsam begann er zu schnurren, tröstete Julian, indem er seine weiße Pfote auf Julians Arm legte, sich fest an ihn schmiegte, ihm von seiner eigenen Herzenswärme abgab.

Das Wort »Wiesenmauser« würde Julian nun wohl bald im Halse steckenbleiben.

»Wie gut, daß du da bist«, sagte Julian und streichelte Mickis seidiges Fell. »Ich weiß, du verstehst alles und trägst das Unglück mit mir.« Julian begriff, daß er gegen diese »öffentliche Maßnahme« keine Chance hatte. Erst jetzt weinte er.

Behutsam leckte Micki Julians Tränen vom Gesicht, die etwas salzig schmeckten und nach tiefer Traurigkeit.

Micki, Julian und die Demonstranten

Die nächsten Tage und Wochen vergingen für Julian wie im Traum. Er hatte alles versucht, sich juristisch beraten lassen, aber jetzt wußte er endgültig, daß kein Mittel ausreichen würde, sein Haus und die Hangwiese zu bewahren. Er konnte den Bau der Hochstraße nicht verhindern.

Bettina hatte eine Rundfunkreportage über das geplante Vorhaben gebracht, die ein großes Echo fand. Daraufhin fanden sich einige mitfühlende Menschen, darunter ein Naturschutzverein, zusammen, die ankündigten, gegen diese Gewaltmaßnahme zu demonstrieren.

»Ihre Hangwiese muß erhalten bleiben«, sagte einer der Naturschützer zu Julian, nachdem er alles in Augenschein genommen hatte. »Der neuen Straße fällt ja auch ein riesiges Stück Hochwald zum Opfer«, fügte er hinzu. »Dagegen müssen wir etwas unternehmen.«

Eines Tages tauchte ein Denkmalschützer bei Julian auf und wollte das Haus als »denkmalgeschützt« einstufen, womit er aber nicht durchkam, weil die Stadtverwaltung ein Gegengutachten erstellen ließ.

Für diesen Oktobertag war nun der Protestmarsch der Naturschützer zum Rathaus angekündigt, nachdem das geplante Hochstraßenvorhaben ausführlich in der örtlichen Presse und anderen Medien behandelt worden war.

Zuvor schon waren zahlreiche Menschen erschienen, um sich Haus und Wiese anzusehen. Das hatte zur Folge, daß Micki nur noch in der Dunkelheit, wenn Haus und Hangwiese schliefen, hinausschlich, um ungestört seinen letzten Katertagen in der alten Heimat nachzugehen. Er mochte ebenso wie Julian den Menschenrummel nicht.

Julian hatte seine liebenswürdige Fröhlichkeit verloren. Sie schien weggeweht worden zu sein wie die Sterne der Pusteblumen auf der Hangwiese.

Nun machte sich Julian mit dem Reisekorb, in dem Micki saß, auf den Weg, um gemeinsam mit den Naturschützern vor dem Rathaus zu protestieren. Es war das einzige, was er noch tun konnte.

Als Micki und Julian ankamen, staunte Julian nicht schlecht. Etwa dreihundert Menschen waren bereits versammelt, unter ihnen einige Berufsprotestierer in Punkerfrisuren und langen Haaren, junge Männer mit Halbglatzen und Bärten, die zur Intellektuellenszene gehörten, Schaulustige und befreundete Naturschützer- vereine.

Auch ein Fernsehteam vom Regionalsender war erschienen. Julian und Micki wurden mit Hallo begrüßt.

»Haus und Wiese müssen nicht weg, ein Mensch ist nicht der letzte Dreck«, skandierte eine Gruppe von Jünglingen und Gammelmäd- chen, während sich die Halbglatzenintellektuel- len den Slogan hatten einfallen lassen: »Erst stirbt die Wiese, dann das Haus, dann stirbt die Erde – alles aus.« Es war sehr beeindruckend. Die Naturschützer trugen ein Spruchband »Beto- niert ihr unsere Zukunft ein, wird bald kein Lebensraum mehr sein.«

Das regionale Fernsehteam filmte eifrig, ein Reporter machte mit Julian ein Interview.

Inzwischen hatte sich Herr Amtmann Wörner mit einigen seiner Mannschaft in sicherer Ent- fernung auf der obersten Treppenstufe des Rat- hauses versammelt, wo ebenso der »bürgerna- he« Bürgermeister sich postiert hatte. Er stand so im rechten Licht, daß ihn die Kamera gleich aufs Korn nahm. Die zwei örtlichen Polizisten waren ebenso mit Walkie-talkie zur Stelle.

Mit lauten Buhrufen wurde das Team der Ge- meinde mit seinem »bürgernahen« Bürgermei- ster begrüßt. »Wiesenmörder«, »Vertreibungsverbrecher«, laute, unschöne Worte wurden wie Geschosse auf die Gemeindevertreter abgefeuert.

Als etwas Ruhe eingekehrt war, sprach zunächst Herr Amtmann Wörner und legte die »lebensnotwendigen Gründe« für den Bau der Hochstraße dar. Er wurde lautstark ausgepfiffen und überließ daraufhin dem Bürgermeister das Wort.

Der clevere Anfangvierziger legte in bewegten Worten dar, wie die Armut sich ins Hintertal schleichen würde, wenn nicht besagte Hochstraße, die den Fremdenverkehr ankurbeln würde, gebaut werden könnte. Er vergaß jedoch, daß beinahe jeder dritte Hintertäler ein schmuckes Eigenheim besaß. So groß konnte die Armut nun wiederum nicht sein. Aber der Bürgernahe verstand es, doch einige zu überzeugen.

»Wir alle wolle Geld verdiene«, rief eine kräftige Männerstimme.

»Jawoll, die Hochstraße muß her.«

Er wurde mit Gebrüll niedergeschrien.

An die Naturschützer wandte sich der Bürgermeister mit eindringlichen Worten, sie müßten doch verstehen, daß zum Beispiel so arme Menschen, die ihr Leben im Ruhrgebiet verbringen müßten, ein Anrecht auf ein schönes Hintertal zur Erholung hätten. »Aber ohne Straße läuft da nichts«, fügte er hinzu.

Für Julian mußten auf einmal die vielen Heimatvertriebenen herhalten, die sonst kaum zur Kenntnis genommen wurden.

»Lieber Herr Jordan, Sie wohnen erst kurze Zeit in dem Haus. Denken Sie an die Heimatvertriebenen, die nach einem Menschenleben aus ihrer Heimat fort mußten. Sie mußten sich auch woanders wieder etwas Neues aufbauen.«

»Blödmann«, brüllte ein erboster Halbglatzenmann, der dafür bekannt war, daß er sonst vor dem Bürgermeister eine Verbeugung machte, wenn er ihm begegnete. Aber in der Masse kam er sich stark und anonym vor.

»Sie bekommen ja eine Entschädigung, Herr Jordan«, rief der Bürgermeister von der Treppe her.

»Darum geht es doch gar nicht«, begehrte eine Frauenstimme auf. Sie ging im allgemeinen Gemurmel unter.

Micki, der Lärm und Menschenmengen haßte, verhielt sich erstaunlich ruhig in seinem Korb. Er schien zu spüren, daß es um mehr als nur eine Bagatelle ging.

»Entschädigung« schien das Zauberwort für einige Raffgierige und Geldgierige zu sein, die dem cleveren Bürgermeister plötzlich Beifall klatschten. Daraufhin verbeugte sich der Bürgermeister wie auf einer Bühne, nahm die Resolution in Empfang, die ihm ein Naturschützer mit vielen Unterschriften in die Hand drückte, und verschwand samt Amtsteam im Rathaus. Die Türen wurden fest geschlossen.

Das Fernsehteam nahm noch einige Meinungen aus der Menge auf, dann zerstreuten sich die Protestierer allmählich.

Ein Berufsprotestierer haute Julian mit Wucht auf die Schulter, als Julian sich gerade entfernen wollte.

»Mach dir nichts draus, Kumpel«, sagte er. »Schließlich kriegst du ja genügend Kohle, um dir was Neues aufzubauen.«

Die Naturschützer umringten Julian mit dem Katzenkorb und kondolierten ihm mit Leidensmiene wie auf einer Beerdigung. Es war sehr erhebend.

Julian bedankte sich bei allen. Er hatte nur einen Wunsch, mit Micki allein zu sein.

Zu Hause schloß Julian die Tür ab. Mit Micki setzte er sich in Tante Kasimiras Sessel.

»Ja, mein Alter, zum Glück weißt du nicht, daß du bald deine herrliche Freiheit, dein Haus und deine Wiese verlassen mußt«, sagte er zu Micki. »Geh zu deinen Glockenblumen und den Apfelbäumen, höre den Mäusen unter der Erde und der Federweißen zu, damit du dein ungebundenes Wiesenmauserleben hier in Erinnerung behältst. Ich weiß, daß du jede andere Wiese mit dieser hier vergleichen wirst. Aber keine wird so wie diese sein. So ist es nun einmal mit der Heimat, in die man hineinwächst wie ein Baum, der einen mit seinen Wurzeln immer festhalten wird.«

Micki sah Julian aus klugen, wissenden Kateraugen an.

Dann ging Micki hinaus in die Sonne, während Julian ins Atelier hochstieg. Lange stand er vor der leeren Staffelei. Er spürte die Zeit, wie sie langsam zerrann, die Zeit, die ihm mit Micki hier noch blieb. Die Zeit rann durch Julians Herz und machte es leer.

Julian und Micki
malen Wiese und Haus

Du weißt, Micki, daß man nur mit dem Herzen gut sieht, wie ein großer Dichter schon gesagt hat«, sagte Julian an einem der nächsten Tage zu Micki, seinem Katergefährten. »Und deshalb male ich das Haus und die Wiese, so wie ich sie in meinem Herzen trage.«

Julian trug die Staffelei in die Herbstsonne hinein, auf die Straße. Am Rande der Hangwiese nahm Micki Platz und sah seinem Menschkater zu, wie er die Farben mischte und zu malen begann. Julian war es bewußt, daß er trotz leuchtender Oktoberfarben den Abschied mitmalte. Die goldenen, umbrabraunen, weinroten Farbtöne trugen die Traurigkeit in sich.

Julian malte wie im Fieber an dem Bild, tagelang. Das Haus wurde lebendig, sprach zu ihm in dieser Zeit, sah in seiner Alterswürde königlich aus und war doch zum Sterben bestimmt.

Micki strich schnurrend um die Staffelei, wollte seinen Menschkater aufheitern, teilhaben an dem, was auf der Leinwand entstand.

Einmal sprang er im Übermut auf die Staffelei, seine Pfoten hinterließen auf der frisch aufgetragenen Farbe ihre Spur.

Julian lächelte und betrachtete Mickis Werk.

»Du hast recht, mein alter Wiesenmauser, du«, sagte er zärtlich zu Micki. »Das Haus und die Wiese haben uns beiden gehört, und deshalb werden wir sie auch gemeinsam malen.« Er wußte nicht, daß er bereits in der Vergangenheit sprach.

Aus Mickis Pfotenspuren malte Julian zarte Federwolken, die der Federweißen glichen.

»Dies Bild werden wir niemals verkaufen, auch dann nicht, wenn es uns einmal schlechtgehen sollte«, versprach er Micki. »Es wird immer uns beiden gehören.«

Als das Bild schließlich fertig war, hängte Julian es über Tante Kasimiras Sessel in der Wohnküche.

Bettina kam am Wochenende und betrachtete das Bild lange Zeit. »Ich glaube Julian, es ist dein bestes«, sagte sie dann ernst. »Du hast die Seele des Hauses gemalt, das spüre ich genau. Es strahlt Liebe und Traurigkeit aus.«

»Micki hat mir dabei geholfen«, versuchte Julian zu scherzen. Aber es gelang ihm nicht so recht.

Noch immer wußte Julian nicht, wo er und Micki eine neue Heimstatt finden würden, die das Wort »Heimstatt« verdiente.

»Am besten wird es sein, wir mieten uns erst einmal ein Ferienhaus irgendwo im Süden, weit weg von hier, wo ich in Ruhe über alles nachdenken kann«, sagte Julian zu Bettina an diesem Tag, als sie im Atelier zusammen Kaffee tranken. »Auf keinen Fall könnte ich hier in der Gegend bleiben, so schön sie auch ist. »Micki würde immer seine Wiese und sein Haus suchen, und mir ginge es ebenso.«

Bettina verstand Julian gut.

»Eines Tages wirst du den Platz finden, an dem ihr, du und Micki, wieder heimisch werdet«, tröstete sie Julian. »Laß es einfach auf dich zukommen, und nimm dir Zeit.«

Bettina gab Julian einen zärtlichen Kuß auf die Wange.

»Etwas wird dich rufen, und du wirst den Ruf hören und ihm folgen. Das ist dann euer neues Heim.«

Julian nickte versonnen, und das Herz tat ihm weh. Warum hing er nur so an der Wiese und dem alten Haus? Weil er immer danach gesucht hatte? Er stand auf und blickte sein Bild an. Mikki erhob sich ebenfalls von der Couch und stellte sich neben Julian. Beide vertieften sich in das Bild.

Und das war der Augenblick, den Bettina nie vergessen würde und der ihr die Tränen in die Augen trieb.

Julian und Micki in tiefer Verbundenheit vor dem Gemälde. Und von allen Abschieden, die noch auf Bettina warteten, würde dieser hier, an dem sie teilnahm, einer der bittersten sein.

Als Julian sich umwandte, sah er die Tränen auf Bettinas Gesicht. Er nahm seine Freundin in die Arme. Micki drängte sich eifersüchtig dazwischen.

»Glaubst du, daß Tante Kasimira das Bild gefallen würde?« fragte er Bettina leise.

Bettina wischte die Tränen fort und lächelte Julian zu. »Davon bin ich überzeugt«, entgegnete sie.

Und auf einmal hatte Julian das Gefühl, daß Tante Kasimira ihm ganz nahe war, und er spürte ihr mildes Lächeln wie ein Streicheln auf seinem Gesicht.

Mickis Wiese blüht nicht mehr

Das Frühjahr kam und mit ihm die Baumaschinen, die ein Inferno entfachten. Tagtäglich umgab ein Höllenlärm Wiese und Haus. Micki verkroch sich am Tag auf dem Dachboden und schlich nur noch in der Dunkelheit nach draußen. Vor Schreck blieb Micki am Anfang der Bauarbeiten zwei Tage verschollen, wagte sich nicht nach Hause, und Julian stand Ängste um seinen Katergefährten aus.

Planierraupen und fette Bagger mit ihren alles ergreifenden Haifischzähnen vergewaltigten die Hangwiese, walzten Gräser und Blumen platt, Betonmischmaschinen rotierten mit Getöse, Kräne mit Greifarmen schwangen sich bis zum Dachfirst, Röhren, Steine, Stahltrassen, Eisenträger, Betonklötze breiteten sich proletenhaft um das Haus.

Es roch nach Zement, Stein und Stahl.

Micki schnupperte in der Dunkelheit an den Ungetümen, die fremd und für Katzen gefährlich rochen, suchte, wenn die Bauriesen schwiegen, vergeblich nach seinen Gräsern und Blumen, den Apfelbäumen und vermißte das Ziepen der Wühlmäuse. Auch die Mäuse waren verstummt.

Mickis Wiese blühte nicht mehr. Sie würde nie mehr blühen. Sie war einfach nicht mehr da.

Mit aufgerissenem Leib zeigte sie ihr erdiges Inneres. Ziellos und irritiert strich Micki umher. Auch die Düfte fand Micki nicht mehr, die ihm ein Leben lang vertraut gewesen waren.

Verstört kroch Micki in Betonröhren, fand sich urplötzlich nach einem Durchlauf am Straßenrand wieder, schnupperte an kaltem Stahl.

Aber so sehr er auch in die Nacht hineinlauschte, er hörte seine Wiese nicht mehr.

Es war Bettinas Vorschlag gewesen, gemeinsam mit Julian und Micki ins nahe gelegene Elsaß zu fahren. An diesem schönen Frühlingstag machten sie sich auf den Weg in Richtung Straßburg. Mit Bettinas Auto fuhren sie durch malerische Orte. In einer kleineren Stadt, die von hügeligen Wiesen und einem Waldgürtel umgeben war, machten sie Rast.

Und plötzlich sahen sie es: ein einstöckiges kleines Haus mit einem heruntergezogenen Dach, das am Rande der Stadt allein auf einer Anhöhe stand und weiß angestrichen war. Sie stiegen zu dem Haus empor und lasen ein Schild an der grünen Haustür: »Zu verkaufen.«

Die ersten Schneeglöckchen und Krokusse steckten ihre kleinen Köpfe aus dem Gras vor dem Haus. Eine Tanne, die das Dach überragte, schwang hoheitsvoll im Wind zu ihnen hin.

Bettina und Julian blickten sich an.

Und plötzlich hörte Julian den Ruf, den nur er hören konnte. Wie hatte Bettina doch gesagt? »Laß es einfach auf dich zukommen, und nimm dir Zeit. Etwas wird dich rufen, und du wirst den Ruf hören und ihm folgen.«

»Das wird unser neues Zuhause sein«, sagte er zu Bettina. Micki, der die Schwester seiner Heimatwiese intuitiv erkannte und begriff, schritt durch die hohen Gräser wie auf seiner Wiese daheim und hatte bereits Freundschaft mit den Schneeglöckchen geschlossen. Er stand nun einmal auf Weiß.

Julian klingelte an der Haustür. Ein freundlich aussehender alter Herr öffnete.

»Dürfen wir uns das Haus einmal ansehen? Ich möchte es vielleicht kaufen«, sagte Julian.

Monsieur Dupont führte die Besucher mit Micki durch das Haus. Eine schöne Holztreppe führte in das obere Stockwerk. Das Haus entsprach sofort Julians Vorstellung.

»Im Spätsommer wird es frei. Dann ziehe ich zu meiner Tochter nach Straßburg«, sagte Herr Dupont. Er nannte den Kaufpreis. Mit der Abfindung, die Julian erhalten hatte, konnte er dieses Anwesen erwerben. Es blieb sogar noch etwas Geld übrig. Sie wurden sofort handelseinig.

Micki beschnupperte eingehend das Haus. Er schien ebenfalls zufrieden zu sein.

»Vielleicht hat Tante Kasimira uns hierher geleitet«, sagte Julian später zu Bettina, als sie auf der Rückfahrt waren. »Manchmal habe ich das Gefühl, sie ist immer noch bei uns.«

Bettina nickte strahlend. »So sind wir in Zukunft auch nicht weit voneinander entfernt«, sagte sie.

Mit einem Gefühl, so etwas wie die konkrete Erinnerung an das alte Haus wiedergefunden zu haben, fuhren sie zurück.

An einem der letzten Maitage war es dann Zeit für Julian und Micki, Tante Kasimiras Haus zu verlassen, für immer fortzugehen.

Tage zuvor hatte Julian alles verpackt. Kisten und Umzugskartons warteten auf den Abtransport. Das gesamte Umzugsgut sollte zunächst beim Möbelspediteur gelagert werden, bis ihr neues Zuhause im Spätsommer für sie einzugsbereit war.

Mit dem Zug »Tiziano Milano« wollten Julian und Micki zunächst nach Mailand und von dort aus in ein kleines Dorf fahren, wo sie bis zum Umzug ein Ferienhaus gemietet hatten. Das Gepäck hatte Julian voraus geschickt.

Die Maisonne streichelte noch einmal das alte Haus zum Abschied. Der Abrißunternehmer wartete bereits.

Julian und Micki nahmen Abschied.

Noch einmal gingen sie durch alle Räume des Hauses. Dann verschloß Julian endgültig die Tür hinter sich. Nur den alten, festen Eisenschlüssel, der zu keiner Tür mehr passen würde, nahm er mit. Ein Duplikat hatte er beim Möbelspediteur hinterlassen.

Micki spürte Julians Trauer und versuchte ein klägliches »Miau«, das als Aufmunterung gedacht war.

Den Katzenkorb in der Hand, seine Reisetasche über die Schulter gehängt, ging Julian auf die Straße und sah noch einmal sein Haus an, das trotz seines Alters seine Anmut behalten hatte, und Julian wußte, daß er immer Heimweh danach haben würde.

»Wir beide, du alter Wiesenmauser, du, wir haben das Haus geliebt«, sagte er leise zu Micki, der ihn traurig anblickte. »Und es ist durch nichts zu ersetzen. Jeder Abschied jedoch ist ein neuer Anfang, und unser neues Haus wird wieder ein Zuhause für uns beide werden.«

Julian hielt einen Moment inne.

»Wir müssen jetzt Abschied nehmen. Aber eine Liebe kann man nicht einfach aus dem Herzen reißen und beiseite legen. Sieht das Haus in seiner Versunkenheit nicht aus, als ob es träumte? Vielleicht träumt es seinen letzten Traum von uns beiden, Micki.«

Julian wandte sich ab, es begann sanft zu regnen. Ein feiner Vorhang senkte sich über das Haus.

Dann sah Julian den Regenbogen. Er umarmte das alte Haus.

Micki schnurrte eine Abschiedsmelodie, und unter dem leuchtenden Regenbogen gingen sie davon.